HÉSIODE ÉDITIONS

ISABELLE DE CHARRIÈRE

Sainte Anne

Hésiode éditions

© Hésiode éditions.

1 rue Honoré - 93500 Pantin.
ISBN 978-2-38512-053-5
Dépôt légal : Octobre 2022

Impression Books on Demand GmbH

In de Tarpen 42
22848 Norderstedt, Allemagne

Sainte Anne

Elle ne sait pas lire ! Figurez vous qu'elle ne sait pas lire ! dirent toutes à la fois Mademoiselle de Rhedon, Madame de Rieux, Mademoiselle de Kerber à Ste. Anne, au moment où Mademoiselle d'Estival sortoit de l'avenue du château de Missillac, et prenant un sentier au travers d'une prairie, retournoit à la métairie qu'elle habitoit.

Ste. Anne pressé par sa mere, avoit fui de France pendant le règne de Robespierre. Comme il avoit toujours vécu en pays neutre, il n'eut pas de peine à pouvoir rentrer, et revint chez lui le 2 juillet 1797, à 9 heures du matin.

On l'attendoit avec impatience. Sa mere avoit rassemblé ses parentes pour le recevoir. Leurs peres, leurs maris, leurs fils avoient péri, ou vivoient encore dans cet exil auquel s'étoit condamnée une partie de la noblesse françoise ; exil si triste, qui de volontaire qu'il fut d'abord, étoit devenu forcé, et dont on a tant déploré l'imprudence.

Toutes ces Dames pleurerent en revoyant Ste. Anne, et lui-même il étoit fort attendri : il venoit de traverser la Vendée ! Sa mere lui présenta sa parente Mademoiselle de Rhedon, qui demeuroit chez elle. Elle étoit orpheline. La nation venoit de lui rendre le bien de son pere, et de deux oncles dont elle étoit devenue l'héritière unique dans des tems malheureux.

On prodigua d'abord à Ste. Anne des récits si lugubres, qu'il auroit voulu n'être point revenu. Celles qui les lui faisoient sembloient s'y plaire, et comme il répondoit peu, et ne se récrioit point, elles l'y croyoient presque insensible, de sorte qu'elles prolongeoient un supplice dont elles ne s'appercevoient pas. À midi, au moment où il alloit leur demander grace, il voit entrer Mademoiselle d'Estival. Sans presque savoir ce qu'il faisoit, il va à elle et la débarasse d'une corbeille de belles cerises qu'elle apportoit à Madame de Ste. Anne. Elle avoit extrêmement chaud. Elle ôte son chapeau, qu'il prend aussi. Ah ! mon cousin, dit-elle, vous voilà arrivé ; j'en suis en vérité fort aise.

Il est fort égal au lecteur que Mademoiselle d'Estival eût les yeux bleus ou noirs, qu'elle eût le visage rond ou ovale, qu'elle fût petite ou grande, belle ou seulement passable. Ste. Anne lui-même n'y prit presque pas garde, mais il sentit en la voyant ce qu'il n'avoit jamais senti. Il abandonna à deux ou trois survenans le soin d'entretenir et d'écouter ses autres parentes, et suivit Mademoiselle d'Estival à l'étable, où elle voulut voir une chienne qui venoit de mettre bas ses petits. En revenant de-là elle apperçut un poulet qui traînoit le pied, elle prit le poulet, et vit que la jambe étoit cassée ; aidée par Ste. Anne elle la remit. Une cuisiniere s'étoit brûlée au bras, ils pansèrent la plaie ensemble. Mademoiselle d'Estival en faisant ces choses avec une extrême dextérité, y mêloit des simagrées fort extraordinaires. Elle s'informa du jour, et de l'heure, où les herbes vulnéraires avoient été cueillies, puis comptant sur ses doigts, pour savoir au quantieme on en étoit de la lune, elle prédit à la cuisiniere une guérison fort prompte. Ste. Anne sourioit. La journée se passa de cette sorte. Mademoiselle d'Estival parloit mal, et son mauvais langage étoit d'autant plus frappant, que dans une phrase d'ailleurs populaire et fautive, il se trouvoit quelquefois un mot technique très-bien placé, ou une expression poétique et brillante. À huit heures du soir elle voulut retourner chez elle, et toutes les jeunes Dames avec leur cousin la conduisirent jusqu'au bout de l'avenue. Ste. Anne auroit voulu la conduire plus loin, mais il venoit de pleuvoir un peu, et ses compagnes craignirent pour leurs robes traînantes l'herbe légérement mouillée, le long de laquelle il auroit fallu passer.

Elle ne sait pas lire, dirent-elles, quand elle eut disparu. Et rentré au château, la premiere chose que Ste. Anne entendit dire à sa mere, fut : Elle ne sait pas lire. Et qu'importe ? dit Ste. Anne un peu impatienté. Chacun se récria. Il ne voulut d'abord rien répondre, mais se voyant presser, il dit à ses parentes : j'ai déjà jetté les yeux sur tout ce qu'il y a ici de livres épars, et je pense qu'il eût autant valu ne les savoir pas lire ; je doute même qu'en toute votre vie vous ayez lu une ligne qu'il n'eut autant valu ne lire pas.

Ces Dames trouverent cette façon de penser si étrange, qu'elles l'attribuerent les unes à de l'humeur contr'elles, d'autres à une disposition générale à la mauvaise humeur ; pas une ne se demanda à quoi il lui avoit servi de savoir lire. Madame de Ste. Anne qui avoit beaucoup d'esprit, vit que son fils étoit amoureux de Mademoiselle d'Estival, et Mademoiselle de Rhedon fut fâchée qu'on lui eut montré à lire.

Le lendemain matin Ste. Anne ne vit déjà plus chez les habitantes du château cette teinte générale, cette disposition presque uniforme, qu'il avoit trouvée en arrivant. Les regrets du passé, le soin du présent se varient selon le caractere. Madame de Ste. Anne, ferme, froide, ambitieuse, s'occupoit en silence du soin de réparer sa fortune, ce qui étoit d'autant plus facile qu'elle avoit moins souffert. Madame de Rieux qui pleuroit un époux, songeoit aussi à réparer ses pertes ; elle y avoit songé du moins lorsqu'on attendoit Ste. Anne, et pendant les premieres heures qu'elle avoit passées avec lui, mais déja cet espoir étoit presque détruit, et un peu d'aigreur se mêloit aux prévenances qu'elle lui montroit encore. Mademoiselle de Kerber, naturellement gaye et caustique, railloit Ste. Anne, et tournoit amèrement en ridicule ceux qui avoient renversé sa fortune et ses espérances. Il n'y a de disposition générale que pour les mauvais observateurs.

Vous vous ennuyerez beaucoup ici, dit Mademoiselle de Kerber à Ste. Anne pendant qu'ils déjeunoient ensemble. Déja vous nous avez dit que vous nous trouviez d'assez mauvaise compagnie. – Vous ai-je dit cela ? A peu près, dit Mademoiselle de Kerber, et puisque vous n'aimez pas la lecture, que ferez-vous ? Je n'aime pas la lecture ! s'écria encore Ste. Anne. Madame, dit-il aussitôt à sa mere, vous voudrez bien me donner la clef de votre bibliothèque ; je me souviens qu'elle est fort bien composée. Voudriez-vous être notre lecteur ? dit Madame de Rieux, cela seroit trop aimable. Mon intention, dit Ste. Anne, est de relire mes classiques latins, mais si vous le voulez, je vous lirai lorsque nous serons rassemblés l'histoire Romaine de Rollin, que je veux relire aussi. Cela est bien vieux, dit une des Dames. – Eh bien, l'histoire d'Angleterre de Rapin.

Cela est bien long, dit une autre. Au même moment on apporta un ballot de brochures nouvelles, qu'on se hâta de défaire et d'examiner. Les noms des auteurs déterminerent en un instant toutes les Dames. Il y eut des brochures qu'on se promit de dévorer, et d'autres qu'on voulut qui fussent renvoyées tout de suite au libraire, avec un avertissement fort sec de ne s'aviser plus de faire des envois pareils. Madame de Ste. Anne ne prenant point de part à cette affaire, son fils s'approcha d'elle, et la pria de lui dire par quel hazard Mademoiselle d'Estival n'avoit pas appris à lire. Vous ne savez peut-être pas son histoire ? répondit Madame de Ste. Anne. Non, dit le jeune homme, et j'ignorois quand j'ai quitté la France, que Monsieur d'Estival eût une fille ; j'ignorois même qu'il fût marié. Aussi ne l'étoit-il pas, dit Madame de Ste. Anne. Il avoit eu cet enfant de la fille de son jardinier, dont il avoit fait sa ménagere. Cette femme avoit de l'esprit, ou du manege, et lorsque la guerre s'alluma dans le pays, elle parla au Marquis des dangers qu'il alloit courir, et de la situation où sa mort laisseroit sa fille, de maniere que le Marquis fut touché et épousa tout de suite la mere pour légitimer l'enfant. Il fut tué un des premiers ; son château fut brûlé. Madame d'Estival qui d'abord s'étoit réfugiée à Nantes chez un parent, fabriquant d'indiennes, vint ensuite à Vannes chez un médecin, puis courut à Brest chez un constructeur de vaisseaux. Depuis que le pays est pacifié, elle habite une ferme à deux pas d'ici. C'est tout ce qu'on a pu sauver des biens de Monsieur d'Estival. J'entends, dit Ste. Anne. La mere n'aura pas su lire, et n'aura pu montrer à lire à sa fille, qui en a été d'autant plus attentive à recueillir ce qu'elle voyoit faire et entendoit dire. Hier en parlant des couleurs employées dans la fabrication des indiennes, des simples employés en médecine, et de plusieurs autres objets, elle m'a fort étonné. Ne vous a-t-elle pas fait des contes de sorciers, dit Mademoiselle de Kerber ? elle en a la tête remplie. Dans ce moment entra Mademoiselle d'Estival, Madame de Ste. Anne alla vaquer à ses affaires, Madame de Rieux à sa toilette ; Mademoiselle de Kerber prit une des brochures nouvelles, et s'en alla lire dans le jardin ; Mademoiselle de Rhedon resta la derniere, et sans un sentiment moitié de fierté, moitié de discrétion, elle n'auroit pas quitté Mademoiselle d'Estival et Ste. Anne. Ceux-ci allerent panser la cuisiniere, s'informer du poulet, et s'amuser des petits chiens. Après cela ils firent une assez grande promenade dans les champs et les prés des environs. Mademoiselle d'Estival montra au jeune homme des plantes merveilleuses contre les maux d'yeux ; mais il ne faut les cueillir, dit-elle, qu'après le coucher du soleil. Dans toute leur conversation, Ste. Anne lui trouva un mélange de science et de simplicité fort extraordinaire.

A l'heure du dîner ils rentrerent. Je ne pense pas que Mademoiselle d'Estival veuille dîner avec nous, dit Mademoiselle de Kerber ; nous serions treize à table. Mademoiselle d'Estival compta attentivement. Non, dit-elle, nous ne serons que onze, et elle s'assit.

Un moment après Madame de Rieux voyant une araignée sur son fichu, fait un cri perçant. Mademoiselle de Kerber sa voisine se leve et s'enfuit. Mademoiselle d'Estival qui étoit assise à l'autre extrêmité de la table, se leve aussi, prend l'araignée et l'emporte. Voilà ce que c'est que certaines éducations, dit Mademoiselle de Kerber, on manie un crapaud tout comme on feroit le plus joli serin. Mademoiselle de Rhedon regarda Ste. Amie, et vit qu'il rougissoit. Ce que vous dites est bien déplacé, dit-elle à demi-voix à Mademoiselle de Kerber. Mademoiselle d'Estival parla de certains animaux que l'on croyoit venimeux, et qui ne l'étoient pas, puis des piquures d'abeilles, de guêpes, de serpens, et des remedes qu'on y pouvoit employer. Après-dîné elle pria Mademoiselle de Rhedon de jouer sur sa harpe l'air qu'elle jouoit si bien, et Mademoiselle de Rhedon après avoir fait ce qu'elle demandoit, la pria à son tour de chanter, et l'accompagna avec tout l'art et toute la complaisance possibles. Il falloit un peu aider à Mademoiselle d'Estival en l'accompagnant, car n'étant pas du tout musicienne, elle pouvoit manquer, s'égarer, quoiqu'elle eût de l'oreille, mais sur-tout elle avoit la plus belle voix du monde, pleine, douce, flexible ; et elle retenoit aisément les airs qu'elle entendoit. Mademoiselle de Rhedon étoit délicate, et il ne lui convenoit pas de chanter, mais elle jouoit fort bien de plusieurs instrumens, elle dansoit fort bien aussi. Mademoiselle d'Estival n'avoit jamais dansé que le bal, la gavotte, et les autres danses des paysannes du pays.

Voilà comment après le retour de Ste. Anne se passerent les deux premiers jours, et beaucoup d'autres, avec cette différence que souvent Ste. Anne restoit seul dans sa chambre pendant quelques heures, soit à lire, soit à écrire à un ami intime qu'il avoit. Le soir il faisoit quelquefois une partie de trictrac avec sa mere, quelquefois aussi il alloit visiter ses voisins, mais la conversation avec eux étoit resserrée dans un si petit nombre d'objets, et l'esprit de parti y entravoit tellement tout autre esprit, que si la politesse l'avoit fait sortir de chez lui, l'ennui l'y ramenait bien vite.

Les Dames avec qui il y vivoit n'étoient pas trop contentes de lui. On le trouvoit contredisant. Evitant de se disputer avec elles sur les choses il se permettoit de les attaquer sur les mots, sur les phrases, trouvant ceux-ci impropres, celles-là incorrectes. Par quel hazard, Monsieur le puriste, lui dit un jour Mademoiselle de Kerber, ne critiquez-vous jamais le langage de Mademoiselle d'Estival ? Il auroit trop à faire, dit celle-ci. Quand on ne sait ni lire ni écrire, comment pourroit-on bien parler ? Savez-vous, mon cousin, que vous avez en moi une parente qui ne sait ni lire ni écrire ? On me l'a dit, répondit négligemment Ste. Anne. Les larmes vinrent aux yeux à Mademoiselle de Rhedon. Je ne puis comprendre pourquoi nous nous sommes empressées à le dire, dit-elle en pleurant. Je me le suis mille fois reproché. J'y pense à toute heure, et c'est avec un tel chagrin et une telle honte que je suis fort aise d'en pouvoir faire aujourd'hui la déclaration. Déja elle me soulage, et j'espère que j'en aurai le cœur moins tourmenté à l'avenir. Pourquoi du chagrin et de la honte ? dit Mademoiselle d'Estival, en embrassant tendrement l'affligée. Cela peignoit fort bien à Ste. Anne, la maniere dont j'ai vécu jusqu'ici, longtems assez négligée par mon pere, et ensuite persécutée par ses ennemis. Je suis persuadée que l'intérêt qu'il me témoigne vient en partie de-là. Saviez-vous déjà mon histoire, dit-elle à Ste. Anne, quand vous vîntes voir avec moi les petits chiens ? Non, dit Ste. Anne. J'en suis bien aise, dit Mademoiselle d'Estival. Vos complaisances datent de ce moment : je suis bien aise de ne les devoir pas uniquement à la pitié, mais aussi à une certaine… comment dirai-je ? sympathie, je crois est le mot, que je sentis d'abord pour vous en vous voyant, et qui pour être vraîment de la sympathie doit, je crois, être réciproque. Mais encore une fois je suis persuadée qu'on a augmenté votre amitié pour moi, en vous disant qu'on ne m'avoit rien appris ; pas même à lire. Voulez-vous l'hiver prochain m'enseigner à lire ? Volontiers, dit Ste. Anne. Je viendrai, dit elle, prendre ma leçon tous les jours quelque tems qu'il fasse, mais jusqu'à l'hiver je me passerai bien de lire ; j'aime mieux me promener pendant la belle saison, et m'occuper en automne de la récolte des fruits, qui cette année sera assez abondante, à ce que j'espère. Ces paroles dites avec si peu d'intention, firent une profonde impression sur Ste. Anne. Sa mère secoua la tête, et Mademoiselle de Rhedon, plus émue qu'auparavant, quitta le sallon.

Peu de jours après, Mademoiselle d'Estival n'étant pas venue au château de toute la journée, Ste. Anne proposa le soir une promenade, et l'on juge bien de quel côté il la dirigea. C'étoit la premiere fois qu'il alloit à la ferme. Il marchoit le premier. Un gros chien de garde sort tout-à-coup de la maison, court à lui et le mord au bras jusqu'au sang. Les cris de ses compagnes appellent Madame d'Estival et sa fille : elles accourent. La mere dit ce qu'il étoit naturel de dire. La fille ayant aidé Ste. Anne à ôter son habit, découvre la plaie, la lave, la bande, et dit tranquillement que ce ne sera rien du tout, que tout le mal est venu de ce que Ste. Anne a trop bon air, et qu'il en étoit arrivé autant il y avoit quelques semaines à un autre homme bien vêtu comme lui. Voilà un chien prodigieusement démocrate, dit Ste. Anne en riant. Que voulez-vous ! dit la jeune personne, il ne voit venir ici que quelques artisans et des pauvres a qui nous donnons la soupe. Pas un gentilhomme du voisinage ne nous est venu voir ; il est vrai que la guerre nous en a peu laissé. Je pense, dit Mademoiselle de Kerber, que vous ferez tuer ce chien tout de suite. Non, dit Mademoiselle d'Estival, on croiroit qu'il a donné des signes de rage, et cela pourroit inquiéter pour Ste. Anne. C'est un gardien fidelle, et dont nous avons besoin ici. Sans lui ma mere et moi nous serions trop exposées. Nous n'avons que Castor pour nous défendre. Viens ici Castor ; viens misérable ; demande-moi pardon. Castor s'humilia devant sa maîtresse. Ma mere, dit celle-ci, je vous prie de donner du pain à Castor ; ces Dames verront qu'il se porte fort bien, et que cet accident dont je suis pourtant très-fâchée n'est pas du tout grave. Quoique Castor mangeât du pain et qu'il bût l'eau répandue autour du puits sur le bord duquel, les Dames s'étoient assises, elles avoient un air de crainte que Mademoiselle d'Estival ne pouvoit s'expliquer. Il ne vous mordra pas, dit elle, il est accoutumé à vos robes, car j'en porte comme vous – Mais s'il étoit enragé ? – Mais il ne l'est pas. Il boit et mange ; voyez il s'approche de Ste. Anne. Mon cousin, je vous en prie, donnez-lui ce morceau de pain. Mon Dieu quelle imprudence ! s'écria Mademoiselle de Kerber. De l'imprudence, Mademoiselle, dit sèchement Madame d'Estival ; à la fin je me fâcherai pour ma fille. Si elle n'étoit sûre de ce qu'elle fait, le feroit-elle ? pour qui donc la prenez-vous ? parce qu'elle ne crie et ne lamente pas comme vous, vous ne lui croyez point d'ame ni de bon sens ! exposeroit-elle son parent, le premier de toute sa famille qui nous ait honoré d'une visite ? croyez qu'il n'y a rien à craindre, puisqu'elle ne craint rien, et gardez vos exclamations pour vous. Si la chose étoit seulement douteuse, dit Mademoiselle d'Estival à Ste. Anne, je vous accompagnerois volontiers dans un pélerinage à St. Hubert, mais en vérité il n'y a rien à craindre. Seulement je voudrois que Castor ne vous eût pas mordu et que la chienne de votre mere m'eût mordue bien fort quand je suis allée voir les petits chiens. Ste. Anne cacha son émotion du mieux qu'il put, à l'aide de quelques mauvaises plaisanteries sur le tombeau de St. Hubert, l'omelette qu'on y mange et les bagues qu'on en rapporte, puis ayant remis son habit il entra dans la maison, demanda du lait, des cerises, du pain qu'il partageoit avec Castor. Si vous avez un jour quelque course un peu périlleuse à faire, nous vous le prêterons, dit Mademoiselle d'Estival, et vous verrez qu'il sera votre ami et votre défenseur.

Que Mademoiselle d'Estival est heureuse ! dit Mademoiselle de Rhedon à Ste. Anne qui lui donnoit le bras en retournant au château. Ne savoir pas lire, avoir un chien qui mord, tout tourne à son avantage. Il ne trouva rien à lui répondre, et elle s'étonna d'en avoir tant dit.

    Le lendemain pendant le déjeuner Mademoiselle de Kerber demanda à Ste. Anne quel si grand avantage il trouvoit à ne savoir pas lire, car il est clair, dit-elle que c'est là le plus grand mérite de Mademoiselle d'Estival et que vous lui donnez une grande préférence sur nous. Vous dites trop de choses à la fois, dit Ste. Anne ; simplifions un peu votre question si vous voulez que je vous réponde. – Eh bien, Monsieur, simplifions. Voudriez vous que nous ne sussions pas lire ? – Cela m'est égal. – Trouvez-vous qu'il vaudroit mieux que nous ne sussions pas lire ? – Cela me paroit assez indifférent : lire est pour vous un amusement qui n'est ni meilleur ni plus mauvais qu'un autre. – Voudriez-vous ne savoir pas lire ? – Non, car je suis bien aise de lire. – Voudriez-vous être le seul homme en France qui sût lire ? – Non, je suis bien aise que certaines gens sachent lire, et je les voudrois voir plutôt plus que moins instruits qu'ils ne sont. Voudriez-vous que le peuple ne sût pas lire ? – Je n'aime pas les appellations collectives comme je l'ai déjà dit mille fois. – Eh bien, voudriez-vous que votre charron, votre meunier , votre jardinier ne sussent pas lire ? – Je crois que je n'en serois pas fâché. – Que les enfans des paysans, des villageois, n'apprissent plus à lire ? – J'en serois bien aise. Cela ôteroit à la liberté de la presse tout ce qu'on lui peut trouver d'inconvéniens. Vous aurez satisfaction, dit Madame de Ste. Anne. Déjà depuis cinq à six ans nos écoles de village sont fermées. – Ne parlons plus de cela, dit Mademoiselle de Rhedon. Je vois venir Mademoiselle d'Estival. Elle venoit en effet s'informer de la blessure et pria Ste. Anne de lui permettre de la visiter. Il dit qu'en se levant il avoit ôté le bandage et qu'on n'y voyoit plus rien. Castor, dit-elle, se porte à merveille, et quand vous reviendrez nous voir il vous fera le meilleur accueil. Aussi-tôt elle se disposa à s'en retourner chez elle. Sa mere, disoit-elle, l'attendoit pour quelques soins de ménage auxquels elle pouvoit l'aider. Reconduisons Mademoiselle au moins jusqu'à la grille de l'avenue, dit Mademoiselle de Rhedon. Ste. Anne ne demandoit pas mieux, et on seroit allé plus loin si l'on n'eût trouvé à cette grille la belle-mere de Madame de Rieux, et sa sœur qui étoit la mere de Mademoiselle de Kerber.

Elles étoient à Missillac lorsque Ste. Anne y étoit arrivé, mais n'y étoient pas restées, et elles venoient chercher l'une sa bru l'autre sa fille, de sorte qu'il ne resta au château avec ses maîtres que Mademoiselle de Rhedon qui y demeuroit toujours depuis la mort tragique de ses parens. Mademoiselle d'Estival y venoit presque tous les jours ; souvent Mademoiselle de Rhedon l'alloit chercher, et c'eût été une chose touchante pour des spectateurs que de voir ces deux rivales se réunir sans cesse. L'une d'elles apportoit à cette réunion une imprévoyance totale, l'autre une générosité extrême. Madame de Ste. Anne observoit avec inquiétude : son fils aimoit Mademoiselle d'Estival. Il ne s'appercevoit ni des projets de sa mere, ni du penchant de l'autre jeune personne, mais il voyoit bien que Mademoiselle d'Estival l'aimoit.

Un soir on avoit parlé de revenans, et Ste. Anne qui laissoit aller communément toute opinion indifférente, venoit de combattre des terreurs fâcheuses. Il étoit tard, la soirée étoit très-belle, la lune sembloit s'amuser à créer des fantômes dans le parc où l'on étoit assis. Je vous reconduirai chez vous, dit Ste. Anne, à Mademoiselle d'Estival, vous auriez peur si vous étiez seule. Sortis du parc et de l'avenue ils alloient prendre le chemin ordinaire. Ste. Anne dit, prenons un chemin plus long ; il fait trop beau tems pour se renfermer encore. Allons par le village. Mais, dit sa compagne, il nous faudra passer sur le cimetiere. N'aurez vous pas peur n'ayant que moi avec vous ? Moi, je vous aurai et n'aurai pas peur à ce que j'espère. Tous les secours sont également bons, dit Ste. Anne, contre des fantômes, et si je vous rassure, vous me rassurerez d'autant mieux que je n'aurai vraisemblablement pas peur. Arrivés sur le cimetiere ils furent reçus et suivis par de petites flammes bleuâtres sortant de dessous terre. Mademoiselle d'Estival se serra contre Ste. Anne. J'ai vu souvent, dit-il, ces feux follets, et je vous en expliquerai la cause quand vous voudrez. Asseyons-nous un moment sur ce vieux mur. J'aime ce lieu ; j'y venois souvent dans mon enfance ; j'y ai vu enterrer mon précepteur que je chérissois. Entendez-vous ces chouettes ? j'aime leur cri lugubre. Non pas moi, dit Mademoiselle d'Estival ; mais asseyons-nous, je le veux bien. Quoiqu'elle ne fût pas bien pesante le mur s'écroula sous elle, elle tomba. Me voilà bien près du séjour des morts, dit-elle. Ste. Anne la releva et chercha un endroit du mur qui fût plus solide. Elle s'assit tout près de Ste. Anne, son épaule s'appuyant contre lui. Un précepteur que vous chérissiez est enterré ici ! reprit-elle. Racontez-moi cela. Quel âge aviez-vous, et de quoi est-il mort ? Ste. Anne en lui répondant s'attendrit beaucoup. Voilà ce que c'est que d'être raisonnable, dit Mademoiselle d'Estival. Je ne pourrois du tout venir ici si vous étiez sous cette terre, et pourtant vous aimiez beaucoup votre précepteur. Ste. Anne embrassa sa cousine, et peu s'en fallut qu'il ne s'oubliât davantage. Votre cœur bat sous mon épaule, dit-elle. Auriez-vous peur ? Peut-être, dit-il, et en effet l'auguste présence des morts s'étoit fait sentir à lui ; leur voix s'étoit fait entendre et lui avoit dit : profane ! arrêtez.

Un peu revenu de deux émotions si opposées Ste. Anne se souvint que les tombeaux étoient jadis respectés à l'égal des autels, et après un moment de silence il récita tout haut,

Aux portes de Trezene et parmi les tombeaux
Des princes de ma race antique sépulture –

Que dites-vous, s'écria Mademoiselle d'Estival ? sont-ce des prières ? j'espère que la peur ne vous fait pas délirer. Non, dit Ste. Anne. Pour moi, dit-elle, je suis parfaitement tranquille, et en un besoin je vous rassurerois. Ces morts, quand ils le pourroient, ne voudraient pas nous faire du mal, ni même nous faire peur ; à quoi cela leur serviroit-il ? Vous le disiez tantôt, à-présent je le crois comme vous. Vous le dites beaucoup mieux que moi, dit Ste. Anne.

Mademoiselle d'Estival se remit à parler, mais Ste. Anne ne l'écoutoit pas. Voulez-vous devenir ma femme ? dit Ste. Anne. Ma mere, dit Mademoiselle d'Estival, m'a déja demandé si je souhaiterois de vous épouser, et je lui ai répondu que non. Mais à propos de ma mere je crains qu'elle ne prenne de l'inquiétude, il se fait tard, il faut s'en aller au logis ; nous ne marcherons pas bien vîte, et chemin faisant je vous dirai ce qui me fit répondre comme j'ai fait à ma mere.

Il y a, continua-t-elle, dans le mariage quelque chose que je ne comprends pas du tout. J'ai vu à Estival une famille de paysans dans laquelle une fille aînée, méchante, acariâtre, qui tourmentoit son mari, battoit ses enfans, et n'avoit point d'égards pour pere ni mere, étoit soufferte et même considérée. On la voyoit toujours grosse, et on ne l'en ménageoit que plus. Sa sœur cadette, bonne, douce, aimable, active, à qui on n'avoit pas permis d'épouser un jeune laboureur son voisin, fut soupçonnée de le voir en secret, et aussi-tôt on la mit à la porte. Peut-être mendie-t-elle son pain à l'heure qu'il est. Il y a donc quelque chose de mystérieux dans le mariage. Il y a des avantages, des privileges, que je ne devine pas. J'ai vu marier ma mere il n'y a pas bien longtems. On n'a cessé de me dire que c'étoit un grand bonheur pour moi. Auparavant on l'appelloit Marie, et moi on me disoit Babet, après cela on nous appella Madame et Mademoiselle d'Estival, mais bien loin d'y avoir gagné, nous en avons été plus haïes et plus persécutées, car le nom d'Estival sembloit être détesté de presque tout le monde, du moins l'étoit-il en nous. J'ai entendu dire à ma mere, qu'elle auroit pu sauver le château d'Estival, si elle ne se fût encore appellée que Marie, et moi que Babet. Cependant elle avoit souhaité cette cérémonie du mariage, et elle en avoit pressé mon pere. Je ne les ai pas vu ensemble étant mariés, car il nous fallut fuir, et il alla combattre et fut tué. Nous avons fui depuis de lieu en lieu avec beaucoup de dangers et de fatigues, et après que nous nous sommes enfin réfugiées dans notre métairie, il ne faut pas croire qu'on nous ait montré beaucoup de bonté. Votre mere, soit dit sans reproche, a toujours été très-froide avec nous. Ma mere a cependant voulu que j'allasse journellement au château, espérant que je gagnerois ses bonnes graces, mais ce n'est un plaisir pour moi que depuis que vous y êtes. Cependant j'entends encore les gens se dire à l'oreille, que mon pere a fait beaucoup d'honneur à ma mere, et que c'est un grand bonheur pour moi qu'il l'ait épousée ; moi je ne m'apperçois d'aucun avantage que j'y aye gagné, sinon de vous voir, car peut-être que sans ce mariage vous n'auriez pas voulu me reconnoître pour votre parente, quoique je l'eusse tout de même été. Vous me direz que tout ceci ne fait pas grand'chose à la question, et en effet je ne sais pourquoi je m'y arrête. J'aurai, j'espére, encore du tems pour ce que j'avois d'essentiel à dire ; mais vous avez déja vu que le mariage dont on m'a tant félicitée m'a extrêmement porté malheur, et vous pouvez comprendre que j'ai pris en une sorte de guignon le mot et la cérémonie. Après cela j'ai vécu à Nantes chez un mari et une femme qui ne se disoient rien ; le mariage ne leur faisoit, à ce qu'il me sembloit, ni bien ni mal. À Vannes j'ai demeuré chez un homme dont la femme lui disoit sans cesse : avant que nous fussions mariés tu étois doux et complaisant, tu me donnois tout ce dont j'avois envie ; il n'y avoit point de bijoux trop beaux pour moi, point de fichus trop fins, point de chapeaux trop élégants. À présent c'est tout le contraire, et à peine me donnes-tu l'argent qu'il me faut pour tenir le ménage. C'est, disoit le mari, parce que tu l'employes à te parer, pour en plaire davantage à tout venant. Tu as beaucoup changé, ou bien j'étois autrefois un sot ; le mariage m'a ouvert les yeux. À Brest dans la maison ou j'étois, il se fit un mariage. Je n'ai rien vu de si empressé que l'époux avant la célébration, ni de si froid qu'il le devint d'abord après. Dès le lendemain ce fut un autre homme. Vous voyez, mon cousin, ce qui m'effrayeroit, et sur-tout avec vous. On auroit beau me dire que vous m'avez aussi fait beaucoup d'honneur à cause de mon grand-pere qui étoit Jardinier à Estival, et qui vit encore, je me trouverois extrêmement à plaindre, et d'autant plus que je vous aimerois peut-être encore quand vous ne m'aimeriez plus ; car c'est ce qui est arrivé à la femme dont je vous parle. Malheureusement elle aime son mari. Elle s'en excusoit avec nous, disant : Mon Dieu ! il est encore le même qu'il étoit, excepté pour moi ; comment, puisqu'il m'a plu, pourroit-il à présent me déplaire ! Mais elle n'avoit pas plus changé que lui, sinon qu'elle pleuroit parce qu'il lui donnoit sujet de pleurer, au lieu qu'auparavant il lui donnoit sujet d'être gaie, ce qui rend plus aimable que d'avoir du chagrin. Quand nous l'avons quittée sa beauté se flétrissoit ; elle étoit comme une fleur sur qui les regards du soleil ne tombent plus. Mais nous voilà arrivés. N'ayez pas peur de Castor à présent que vous venez avec moi. – Castor, Castor ! viens, Castor. – Couche-toi aux pieds de mon cousin – donne-lui la patte – l'autre patte. Voilà qui est bien. Ste. Anne, quoiqu'il ne fût guere en état de prendre plaisir à cet enfantillage, caressa le chien de son mieux, après quoi Mademoiselle d'Estival, avec une clef qu'elle avoit dans sa poche, ouvrit la porte de la maison, et tendant la main à Ste. Anne serra la sienne et lui souhaita le bon soir.

On l'attendoit au château avec une extrême impatience. Où avez-vous été si longtems ? lui dit assez sèchement Madame de Ste. Anne. Sur le cimetiere du village, répondit le jeune homme. – Seul, ou avec Mademoiselle d'Estival ? Ste. Anne fit semblant de ne pas entendre, et comme s'il eût oublié quelque chose sortit de la chambre, rentra, se mit à table, affectant une contenance aisée et une entiere liberté d'esprit. Une demi-heure après on lui remit une lettre : il reconnut l'écriture de Mademoiselle de Kerber, rompit le cachet, et après avoir parcouru des yeux toute la lettre, il lut haut ce qui suit.

« Vous allez triompher, mon cousin, et j'en suis fâchée. Mais l'histoire est trop bonne pour ne me pas donner le plaisir de la raconter. Nous lisions ce matin un roman sublime. L'héroïne supportoit avec une patience angélique des malheurs inouïs. À la mort d'un mari adoré, elle coupe les plus beaux cheveux du monde, et les dépose dans le cercueil. Nous pleurions Madame de Rieux et moi. Ma bonne tante avoit ôté ses lunettes et posé son ouvrage pour mieux écouter, ma mere avoit éloigné son rouet, qui, bien que huilé d'hier, faisoit trop de bruit. Forcées un moment de nous interrompre, nous dîmes Madame de Rieux et moi : Combien Ste. Anne a tort ! Combien une pareille lecture exalte et épure l'ame ! quelle femme n'en deviendroit pas plus douce, plus tendre, plus fidele à ses devoirs ! Nous reprenons notre lecture, toujours pleurant, toujours admirant, car la veuve se condamne à une perpétuelle retraite, et vit dans les larmes et les bonnes œuvres. Mais voilà qu'on annonce un de nos voisins, Hobereau autrefois, aujourd'hui administrateur, et, à sa fortune près, qui est honnête dans tous les sens, le sujet du monde le plus mince. Que fait Madame de Rieux ? elle court au miroir et rajuste son fichu et ses cheveux, ne se souvenant pas plus de notre Artémise que s'il n'en n'avoit jamais été question. Ma mere fait apporter pour notre homme qui avoit fort chaud, de quoi se rafraîchir. Le laquais, qui portoit un verre tout rempli de vin de Bordeaux, fait un faux pas, le verre tombe, se casse, et le vin se répand sur mon jupon qui étoit tout blanc. Voilà ma mere furieuse et qui gronde le laquais, et moi si je n'en ai pas fait autant c'est par vergogne, car j'étois totalement démontée, et mon humeur ne s'est remise que lorsque j'ai pensé à vous et au récit que je vous ferois. J'ai averti Madame de Rieux que je la dénoncerois, mais, à mon grand étonnement, elle n'a pas même été frappée comme moi du contraste qu'il y avoit entre les impressions que nous venions de recevoir et la conduite que nous avions tenue. Eh bien ! qu'y a-t-il là d'étrange ? m'a-t-elle dit. Nous admirons tel ou tel caractere dans un livre, puis ensuite nous faisons ce qui nous convient. Vouliez-vous que je me montrasse échevelée ? – C'est trop fort cela ; mais moi si j'ai moins mal raisonné sur ma lecture, je n'en ai pas mieux profité, ni ma mere non plus. Bref, il se pourroit bien que vous eussiez raison, et qu'il valût autant pour nous ne savoir pas lire. »

Je ne crois pas, dit Mademoiselle de Rhedon, que de petits accidens me fissent oublier les conseils que viendroit de me donner un livre ; ils sont comme ceux d'un ami ; mais il y a des peines qui rendroient inutiles pour moi tout ce que j'aurois pu lire ou entendre dire de plus raisonnable. Ses yeux en disant cela se remplirent de larmes. Votre enfance a été assaillie par l'infortune, dit Ste. Anne ; malheur à qui désormais vous affligeroit volontairement ! Volontairement ! ce n'est pas ce que je crains, dit Mademoiselle de Rhedon. Mais elle parloit à un homme qui ne pouvoit l'entendre.

Madame de Ste. Anne les ayant quittés pendant qu'on lisoit la lettre de Mademoiselle de Kerber, Mademoiselle de Rhedon crut qu'il falloit se retirer aussi. Vingt fois avant de quitter Ste. Anne elle fut sur le point de répéter la question de sa mere : étiez-vous sur le cimetiere seul ou avec Mademoiselle d'Estival ? Il lui sembloit que s'il avoit arrêté dans cet endroit lugubre cette fille craintive, leur sort, à toutes deux, etoit décidé. Sachons-le, se dit-elle. Il n'a pas voulu répondre à sa mere, craignant de voir s'établir une surveillance inquisitive et importune, mais à moi il me répondra. Si mon sort est décidé que je le sache. Je supporterai tout – mieux que l'incertitude. Vingt fois elle ouvrit la bouche, mais les mots qu'il falloit prononcer expiroient sur ses lèvres.

Retiré dans sa chambre, Ste. Anne, après beaucoup de réflexions et de rêveries, voyant qu'il ne pourroit dormir voulut écrire. Il commença une lettre à son ami Tonquedec, à qui il avoit rendu compte très-régulièrement de lui-même et de tout ce qui l'entouroit, depuis le moment de son retour à Missillac ; mais cette fois il se sentit embarrassé à lui écrire, et il auroit beaucoup mieux aimé le voir et lui parler.

Un homme de sens et de cœur ne s'avoue qu'avec répugnance qu'il est amoureux, c'est-à-dire, subjugué et privé d'une partie de sa raison. L'aveu en est encore plus difficile à faire à un autre, et sur-tout à un ami qu'on estime et dont on a besoin d'être estimé pour s'honorer soi-même. On sent bien que cet aveu ne nous fera rien gagner dans son opinion, et on ne sait pas au juste combien il peut nous y faire perdre. D'ailleurs l'amitié pourra être jalouse de l'amour. Que faire donc ? Ste. Anne se détermina à répondre à Mademoiselle de Kerber ; il se flatta qu'en attachant son esprit à une question vraîment intéressante, il réussiroit à se distraire et à calmer l'agitation qu'il avoit rapportée du cimetiere et de la ferme. Voici sa lettre.

« Où avez-vous pris, ma très-aimable cousine, votre candeur et votre excellent esprit ? Si vous en devez la moindre partie à vos livres, je me réconcilie avec eux, et même je leur rends très-humblement hommage. Il ne s'agit que d'être ce qu'on peut être de mieux pour soi et les autres.

N'importe alors d'où cela nous est venu, et si c'est de lire ou de réfléchir, de lire ou de voir et d'entendre. S'il est permis à mon âge d'avoir un avis, je dirai que les romans, les drames en prose et en vers, qui sont la lecture la plus ordinaire des jeunes personnes honnêtes des deux sexes, ne peuvent servir de rien, sinon par hazard, et lorsqu'un mot qu'on y trouve nous fait penser à des choses qui nous concernent et auxquelles l'auteur n'a jamais pensé. Mais la plus mauvaise gazette, une affiche, un catalogue de livres nous rend quelquefois le même service, et sans perdre son tems à chercher d'heureux hazards, il faut à mon avis les attendre. La conversation, la vue de la société et de la nature, nous les apporteront de reste si nous sommes disposés à les saisir. Ce que dit Rousseau relativement aux spectacles, dans son admirable lettre à d'Alembert, me parait devoir s'étendre à la lecture de toute pièce de théatre, et en général à presque toutes les lectures des femmes et des jeunes gens. Lisez cette lettre, ma cousine, puisqu'on vous a appris à lire, et qu'elle acheve de vous persuader que ce qui arriva hier matin chez vous arrive par-tout et à tout le monde.

Quant aux livres de science, je ne les trouve guere plus utiles que les romans, pour quiconque n'en fait qu'une étude superficielle ou qui ne se borne pas à étudier des sciences analogues à sa profession, et quand je vois un homme de loi s'occuper des beaux arts, un sculpteur de la politique, un médecin de la guerre, s'il parle mal je leve les épaules, s'il parle bien je désire qu'il change d'état.

Ma cousine, je ne suis point fâché de voir s'anéantir les anciennes écoles, et les nouvelles ne s'établir point. Que la science soit de difficile accès. Que le talent la viole pour ainsi dire. Que ce soit le feu du ciel dérobé courageusement par quelque Prométhée. Que ce soit la toison d'or, l'objet des vœux et des efforts des vaillans Argonautes, et qu'il faille pour la conquérir des travaux, des dangers, une infatigable persévérance. La force de l'esprit s'accroît par le travail. Chaque obstacle à vaincre offre une faculté à acquérir. A-t-on jamais vu les enfans des grands, entourés de précepteurs qui leur applanissent la carrière des sciences, les a-t-on jamais vus apprendre quelque chose ? Je voudrois que le talent seul, qui devine en partie la science, voulût désormais apprendre ce qu'on ne peut deviner. Il l'apprendra sans écoles primaires, sans institut national, sans universités, sans académies. Je voudrois que l'homme, illuminé déja en quelque sorte par la nature, cherchât seul à s'éclairer de toutes les lumieres possibles. Il les payera fort cher, car l'application suivie, la méditation constante et profonde qui font des pensées et de l'expérience des autres notre jugement, notre sagesse, notre prudence, notre courage, fatiguent l'entendement et la santé. Ce n'est pas un travail qui soit propre à la nature de l'homme, et l'homme qui s'y sera dévoué n'aura pas, je le crains, une douce ni longue existence, mais il aura suivi un penchant presque irrésistible, et aura joui du plaisir de le satisfaire. Que pour prix de ses travaux et de ses succès cet homme se voye honoré par sa nation : qu'elle le consulte : qu'il la gouverne. Confions-nous en lui, et n'étant appellés ni par la nature ni par le sort à une carriere à la fois si belle et si pénible, labourons nos champs ; que nos femmes filent ; que le tisserand change en vêtemens notre lin, notre chanvre, ainsi que la toison de nos brebis. Je sais bien que notre ignorance restera accompagnée de nos antiques erreurs, mais une science superficielle est trop souvent abusive, et à la place de quelques préjugés qu'elle nous ôte, elle nous donne un orgueil que je crains beaucoup plus. Ma cousine, vous croirez que tout ce système est l'ouvrage de Mademoiselle d'Estival, ou plutôt qu'il m'est inspiré par elle ; mais il y a longtems qu'il est chez moi préparé et commencé. Mille fois, en voyant les pleurs d'un écolier et la férule d'un maître, je me suis demandé : à quoi bon ? mille fois, lorsque d'autres disoient : pourquoi permettre d'imprimer ? j'ai dit : pourquoi enseigner à lire ? J'ai aimé Mademoiselle d'Estival avant de savoir qu'on ne lui avoit pas montré à lire. Mais quand je l'ai su, je me suis étonné de ne l'avoir pas deviné, et j'en ai été bien aise. Il m'a semblé qu'elle en voyoit et entendoit mieux, qu'elle en avoit l'esprit plus net et la mémoire plus fidelle ; il m'a semblé qu'ignorant totalement beaucoup de choses, elle en savait plus parfaitement celles qu'il lui avoit été utile de savoir. Ma prévention ne va pas pourtant jusqu'à admirer les erreurs populaires dont sa mere lui a rempli l'esprit, mais elles me font peu de peine, et j'aime encore mieux qu'elle croye aux revenans que de ne pas croire à l'immortalité de l'ame. J'aimerois mieux qu'elle adorât le soleil, que de ne rien adorer. Je sais bien tout ce qu'on a coutume de dire sur ce sujet tant rebattu, mais cela ne change rien à mon opinion. L'homme est fait pour l'erreur et pour ses suites quelquefois funestes et cruelles ; il est fait pour l'erreur, par cela même qu'il est fait de maniere à n'avoir que des connoissances imparfaites et bornées. Toujours les erreurs rempliront les vuides que laissera la science. Le sceptique varie ses erreurs plutôt qu'il ne se soustrait à l'erreur, car il n'est pas possible à l'homme de rester dans un doute perpétuel. Il peut bien y revenir sans cesse par la réflexion ; mais tous les objets dont il est environné l'en font sortir sans cesse, et si vous pouviez voir le dedans de la tête d'un philosophe pyrrhonien, vous le verriez superstitieux vingt fois le jour. Mademoiselle d'Estival, malgré ses enfantines terreurs, s'est laissée conduire ce soir sur le cimetiere du village, et là, prenant à témoin l'ombre respectée de mon ancien mentor, j'aurois voulu lui jurer une foi éternelle ; mais elle m'a dit qu'elle ne se soucioit pas de devenir ma femme, et m'a expliqué ses raisons fort nettement. Je ne les trouve pas de nature à ne pouvoir être réfutées, et je crains bien plus les argumens de ma mere qui ne m'a rien dit encore, mais dont, à mon retour du cimetiere les regards m'ont trop parlé. Voilà ce qui m'a fait préférer de vous écrire à me mettre au lit où je n'aurois pu trouver le sommeil. Revenez ici, je vous en prie, dans quelques jours. Je pense que vous pourrez parler à ma mere pour moi. Elle vous écoutera ; elle aime votre esprit. Moi je le craignois ; je vous trouvois quelquefois une malignité qui faisoit taire votre générosité naturelle : mais votre lettre me rassure. Qui peut écrire tout exprès pour me donner gain de cause dans un procès que nous avons eu ensemble, est capable de toutes sortes de bons procédés ; d'ailleurs où m'adresser mieux ? Tonquedec n'est pas ici, Mademoiselle de Rhedon est trop jeune. J'ai d'honnêtes gens de voisins – Mais si je dispense de la science, je ne dispense pas de l'esprit – je crains par-dessus tout la sottise. Venez donc, car vous êtes pleine d'esprit, et si vous voulez me servir vous y réussirez. »

Le jour venu, Ste. Anne alla courir les champs et vint se reposer dans le parc, où il resta jusqu'à ce qu'une cloche l'appellât au déjeuner.

Sa mere remarqua que depuis la veille il ne s'etoit pas déshabillé, et lui fit quelques questions qui l'embarasserent. C'est assez l'usage des autorités que de questionner. Si les réponses articulées sont mensongeres, les yeux plus vrais disent communément tout ce qu'on veut savoir. Après déjeuner Madame de Ste. Anne dit à son fils de la suivre dans un endroit du jardin où elle étoit sûre que leur conversation ne seroit pas interrompue.

Ne pensez pas, dit-elle, que rien de ce qui s'est passé dans votre esprit m'ait échappé. J'espérais qu'un premier écart de votre jugement n'auroit pas des conséquences si longues, et que vous trouvant sans cesse entre l'esprit brut et l'esprit cultivé, entre une nature rude et grossiere et les talens rendus plus agréables par l'étude et le goût, vous choisiriez enfin comme vous le deviez ; je croyois que plus vous verriez Mademoiselle d'Estival et Mademoiselle de Rhédon, moins vous vous plairiez avec l'une, et plus vous vous attacheriez à l'autre. Il en arrive autrement, et c'est à moi, au défaut de votre propre jugement, à vous décider comme il convient. Sachez donc que je ne puis consentir à une alliance qui, vous donnant Mario Blanchet pour belle-mere, donneroit pour aïeul à mes petits-fils le Jardinier de Monsieur d'Estival. Il livra sa fille à son maître, et celle-ci l'avoua d'un marché si honteux, car longtems elle a vécu contente du sort d'une concubine, connue pour telle de tout le monde. Cependant le pere et la fille sont les plus honnêtes gens de leur race, et l'on a vu quelques-uns de leurs proches parens conduire la troupe qui brûloit nos châteaux et dévastoit nos campagnes. L'oncle de Marie Blanchet, enragé de ce que sa nièce avoit voulu être une Dame, auroit égorgé son seigneur s'il l'avoit pu, et ce fut lui qui mit le feu au château d'Estival. Si je vous laissois suivre un penchant insensé et bizarre, vous ne tarderiez pas, dans l'opprobre dont vous vous seriez entouré, à détester ce penchant funeste, et son objet, et la mere trop foible qui n'auroit pas empêché votre malheur. Mais je l'empêcherai, je le déclare, et vous ne risquez rien. Je déclare ne pas vouloir entendre parler d'un pareil mariage. Je déclare que si vous ne promettez pas de n'y penser jamais, j'interdirai le château à Mademoiselle d'Estival. Je pourrois même l'obliger, elle et sa mere, à quitter leur ferme sur laquelle votre grand-pere a prétendu avoir des droits, qu'il ne tient qu'à moi de faire valoir ; et comme elles n'ont pas de quoi soutenir un procès, elles se trouveraient heureuses de céder la ferme pour un équivalent que je leur ferois proposer. – Me préserve le ciel, dit Ste. Anne, d'attirer sur elles et sur vous un pareil malheur. Sur moi ! dit Madame de Ste. Anne, qu'entendez-vous, Monsieur ? – C'est un grand malheur, Madame, que d'être injuste, et ce malheur en entraîne d'autres, bien souvent, dont alors il ne faut pas se plaindre. Laissons-là votre casuisterie, dit Madame de Ste. Anne ; une autre fois je pourrai écouter les doctes leçons de mon fils, pour le présent qu'il écoute une mere qui, depuis qu'il est au monde, n'a songé qu'à lui, à sa fortune et à son bonheur. Ste. Anne s'inclina, mais il ne lui fut pas possible de proférer une parole de reconnoissance. J'en ai dit assez sur Mademoiselle d'Estival, continua Madame de Ste. Anne, parlons de Mademoiselle de Rhedon, qui depuis longtems vous est destinée. Son pere, près d'aller à la mort, me la fit recommander, et exprima le vœu qu'elle devînt ma fille. Pourrois-je ne pas remplir un vœu que tout me rend sacré ?

Ste. Anne se tut, quoique sa mere, ayant rendu son ton imposant à la fois et pathétique, s'attendît à une réponse. Le silence qu'il garda disoit : Si vous pouviez sans moi remplir ce vœu, vous pourriez le regarder comme entierement obligatoire ; mais actuellement ne pouvant que m'exhorter, vos obligations ne vont pas plus loin, et de ce moment vous les pouvez tenir pour acquittées. Madame de Ste. Anne reprit la parole. J'ai éconduit, dit-elle, divers partis très-sortables qui se présentaient pour cette précieuse fille, que son pere m'avait en quelque sorte léguée. En acceptant des droits sur elle, n'ai-je pas contracté des engagemens ? Ste. Anne continua à ne point répondre, et après un moment de silence, il fit un mouvement comme pour s'en aller ; mais sa mere l'obligea à reprendre sa place. Je suis demeurée veuve à vingt et un ans, lui dit-elle. Monsieur de Rhedon n'étoit guere plus âgé ; il avoit de l'esprit, des talens et de l'ambition, des graces et du mérite ; mais il n'avoit pas encore, tant s'en faut, la fortune qu'il a eue depuis. Je vous sacrifiai tout ce qui auroit pu m'engager à l'écouter, et je pensai que mon fils devoit désormais me tenir lieu de tout. Monsieur de Rhedon désolé, porta ailleurs des vœux que j'avois rebutés, et le dépit précipita son choix qui ne fut point approuvé, ni fait pour l'être. Il auroit pu se marier beaucoup mieux. Une de ses parentes lui auroit offert toutes sortes d'avantages, mais il épousa celle qui se présenta la premiere ; et sa fille, dont les perspectives pendant son enfance étoient beaucoup moins brillantes qu'elles n'auroient du l'être, m'a toujours paru en droit de me demander des dédommagemens, parce que j'étois cause en quelque sorte que la fortune ne l'eût pas plus favorisée ; car, je le répète, son pere eût pu se marier beaucoup mieux. – Eh bon Dieu ! s'écria Ste. Anne, dans ce cas-là elle ne seroit pas née. Elle est le fruit de cette union précipitée ; elle est fille de sa mere comme de son pere – Treve de logique, Monsieur, lui dit avec hauteur Madame de Ste. Anne. Mademoiselle de Rhedon m'a toujours inspiré un intérêt fort tendre, et depuis longtems votre mariage avec elle est l'objet de tous mes vœux. Elle est belle, bien née, bien élevée et très-riche. Elle me plaît et me convient. Vous l'épouserez, si vous voulez que je ne me repente pas des soins et des sacrifices que je vous ai prodigués, et que ma tendresse ne se change pas en froideur et dégoût.

En disant ces derniers mots Madame de Ste. Anne, qui s'étoit levée, ne regardoit déja plus son fils. Elle s'éloigna le laissant dans une situation d'esprit impossible à décrire. Treve de logique – Laissons-là votre casuisterie – répétoit-il tout haut. Mais si ce qu'on venoit de lui dire ne faisoit sur lui qu'une impression fâcheuse d'aigreur et de mécontentement, ce qu'on avoit fait pour lui, excitait sa reconnoissance, et lui commandoit sinon l'obéissance, au moins le respect. Emu de cent façons différentes, tantôt il s'affligeoit de ce que Mademoiselle d'Estival ne lui avoit pas répondu la veille, de maniere qu'il se vît absolument engagé auprès d'elle et hors de la possibilité de reculer ; tantôt il se félicitoit de se voir libre encore, et de pouvoir encore ne pas désobliger et affliger sa mere. Il se souvenoit d'avoir vu Monsieur de Rhedon rempli d'empressemens et de soins pour un objet autrefois adoré. À trente-huit ans il étoit beau et agréable ; que ne devoit-il pas être à vingt-cinq ? Le sacrifice qu'avoit fait alors Madame de Ste. Anne à l'amour maternel, étoit méritoire sans doute, mais, se disoit Ste. Anne, après s'être un moment attendri, ce n'est pas à l'amour, c'est à l'ambition maternelle ou à l'ambition personnelle, que le sacrifice a été fait. D'ailleurs demandois-je ce sacrifice ? Ma mere, que n'épousiez-vous Monsieur de Rhedon, et que ne me laissez-vous épouser Mademoiselle d'Estival ? Mais sans doute vous n'aimiez pas beaucoup votre amant, et peut-être n'aimez vous guere plus votre fils.

Le dîner étoit presque fini quand Ste. Anne vint se mettre à table. Heureusement on avoit du monde ; les excuses qu'il fit, furent reçues, et il n'eut point à supporter des regards trop attentifs de la part de sa mere. Mais Mademoiselle de Rhedon changea de couleur lorsqu'elle le vit, et qu'elle lui demanda d'où vient il étoit pâle, et s'il étoit malade. Il l'assura qu'il se portoit bien, mais qu'ayant passé une partie de la nuit à écrire, il se sentoit fatigué. J'ai répondu, dit-il, à Mademoiselle de Kerber. La cause que vous soutenez vis-à-vis d'elle, dit Mademoiselle de Rhedon, vous intéresse beaucoup, et vous aurez été bien aise de confirmer votre prosélyte dans sa nouvelle croyance. Dieu sait combien les femmes qui lisent, auront été maltraitées dans votre lettre ! Si elle n'étoit pas partie, je vous la montrerois, dit Ste. Anne ; c'est vous dire qu'il n'y a rien d'offensant pour les personnes bien élevées et instruites. Je regarde aux effets, non aux causes, et quand une femme est judicieuse, généreuse et aimable, peu m'importe qu'elle ait lu ou qu'elle ne sache pas lire. Ces derniers mots étoient devenus si importans pour Mademoiselle de Rhedon et pour Ste. Anne, ils renfermoient tant d'idées ; ils rappelloient des souvenirs d'un intérêt si vif, que l'un rougit en les prononçant, et l'autre en les entendant prononcer. Madame de Ste. Anne qui vit qu'il y avoit entre eux un entretien assez animé, se flatta de n'avoir pas parlé en vain.

Vers le soir, Ste. Anne se résolut à aller à Tonquedec chez son ami.

Le fidelle Herfrey, Gaulois ou non Gaulois, mais bas Breton de la meilleure étoffe, ayant été chargé de différens ordres devoit rester à Missillac jusqu'au lendemain à la pointe du jour, et partir alors pour Ste. Anne où seroit son maître.

C'étoit le berceau de sa famille que Ste. Anne alloit visiter.

Dans une des dépendances d'un vieux château dégradé et tombant en ruines, demeuroit un Fermier avec sa femme et son fils. La lune et les brillantes étoiles avoient éclairé les pas du voyageur, et le soleil commençoit à les effacer du ciel, quand il arriva au gîte. Il heurta. Personne n'étoit encore levé, et comme dans ces tems malheureux tout dispose à la défiance, on eut peur ; mais il dit son nom et on ouvrit. Ces gens étoient parens de Herfrey. Un mauvais lit lui fut d'abord préparé. On eut pourtant des draps bien blancs à y mettre, et Ste. Anne, fatigué par deux nuits de veille et par une course assez longue, s'y coucha et dormit, comme s'il n'avoit eu ni amour ni chagrin.

Quand il fut réveillé, sa premiere pensée fut pour sa maîtresse – Mais retournons sur nos pas, c'est-à-dire, à Missillac et au moment du départ de Ste. Anne.

Mademoiselle de Rhedon le vit partir. Il pouvoit bien n'aller faire qu'une promenade. Peut-être alloit-il voir Mademoiselle d'Estival ; mais quelque chose d'un peu plus grave dans sa démarche, des pas plus égaux, un maintien plus composé qu'à l'ordinaire, je ne sais quoi enfin de presque indéfinissable, avertit Mademoiselle de Rhedon qu'il se mettoit en voyage. Si elle n'en fut pas assurée, elle le craignit. Il passa dans l'avenue assez près d'elle, sans la voir ; elle fit un peu de bruit, il ne l'entendit pas : il étoit trop préocupé. Au souper quand on ne le vit pas paroître, Madame de Ste. Anne témoigna de la surprise ; ses domestiques lui dirent que Herfrey n'avoit pas quitté le château, et elle fut rassurée. Mademoiselle de Rhedon en fut plus inquiete, pensant qu'il voyageoit seul et de nuit. Elle prétexta un grand mal de tête, et dit qu'elle s'alloit coucher. Herfrey l'attendoit au passage. Sans que sa femme de chambre le vît, il lui remit adroitement une lettre.

Mademoiselle de Rhedon ordonna qu'on la laissât seule, et, ouvrant la lettre d'une main tremblante, elle lut ce qui suit.

« Je pars ma belle cousine, je pars, il le faut ; ma mere a pour moi des projets, auxquels dans ce moment je ne puis souscrire. Que ne suis-je assuré que vous les avez ignorés, ou que vous les avez regardés avec indifférence ! Vos dédains, quoique peut-être je ne les eusse pas mérités, m'affligeroient moins que des regrets trop flatteurs. Je vous recommande Mademoiselle d'Estival ; daignez lui dire qu'elle ne soit pas en peine de moi, que je suis allé voir un ami, et n'ai pu prendre congé d'elle. Quand elle pourroit lire ma lettre, je ne lui écrirois pas. Elle n'aura de mes nouvelles que par vous. J'ai pris vingt fois la plume pour écrire à Madame de Ste. Anne, ma main n'a pas pu tracer un seul mot. Adieu, ma belle, mon aimable, ma généreuse cousine, adieu. »

Herfrey n'eut pas plutôt remis la lettre, qu'il sortit du château et s'en alla chez le Jardinier ; de sorte que lorsque Madame de Ste. Anne l'envoya chercher, on ne le trouva pas, et il échappa à toutes les questions qu'elle se proposoit de lui faire. Le lendemain à la pointe du jour, il partit, après avoir chargé le Jardinier de faire dire à Madame de Ste. Anne, que son fils alloit voir un ami, et seroit absent pendant quelques jours.

Peu s'en fallut que dans sa colere Madame de Ste. Anne ne fît dire à Mademoiselle d'Estival de ne pas remettre les pieds au château ; et elle l'auroit fait, sans égard pour le malheur et l'innocence, si elle n'avoit craint de faire connoître par-là à Mademoiselle de Rhedon son chagrin et la passion de son fils. Elle savoit d'ailleurs que les humiliations qu'on attire à l'objet aimé redoublent l'amour, jusques-là qu'il ne reconnoit plus d'autorité qui l'arrête, et se fait un devoir de la rebellion. Elle borna donc sa vengeance à une extrême froideur, et se flatta que, sans interdire sa maison à Mademoiselle d'Estival, elle l'en dégoûteroit. Mais celle-ci étoit attirée par Mademoiselle de Rhedon, qui, outre que la jeune personne l'attachoit par ses malheurs, son mérite et ses charmes, se disoit à toute heure : Ste. Anne m'a recommandé Mademoiselle d'Estival – Je n'ai d'autre moyen de me rendre agréable à Ste. Anne, que de traiter bien celle que peut-être il me préfére. Peut-être, disoit-elle ; car elle voyoit par le billet de Ste. Anne, qu'il y avoit un obstacle à ce qu'il pût rechercher sa main ; mais elle n'y voyoit pas clairement que cet obstacle fût Mademoiselle d'Estival. Mademoiselle de Rhedon, sans être vaine, connoissoit ses avantages, et voyoit bien que Madame de Ste. Anne ne vouloit pas de Mademoiselle d'Estival pour sa bru. D'ailleurs l'amour, s'il a ses craintes mal fondées, est encore plus fécond en douces erreurs.

Ste. Anne, éloigné de Missillac, ne laissoit pas de voir ce qui s'y passoit, comme s'il y eut été. Il se souvenoit des menaces de sa mere relativement à Madame et à Mademoiselle d'Estival ; il se souvenoit aussi des froideurs qui, pendant un tems, avoient rendu pénibles, pour la jeune personne, ses visites au château. Si ma mere étoit froide et hautaine avant qu'aucun ressentiment eût pu entrer dans son cœur, que sera-ce aujourd'hui ? se disoit Ste. Anne. Je crois la voir chagrine et courroucée, affecter des dédains pour un objet auquel elle reconnoit, malgré elle, le pouvoir de contrarier ses vues, d'arrêter l'exécution de ses projets. Peut-être médite-t-elle sur les moyens de l'éloigner d'elle et de moi. Elle est assez puissante encore pour réussir contre deux femmes sans appui, sans conseil et isolées. D'ailleurs, quand elle ne les banniroit pas de leur asyle, elle pourroit le leur rendre si désagréable, qu'il vaudroit mieux qu'elles en fussent bannies. Il faut leur en assurer, un autre. Je le puis et le dois. C'est à moi à les dédommager de la persécution que je leur attirerai sans doute. Ici je suis le maître. Ces ruines m'appartiennent. Graces soient rendues à mon ayeul, qui a voulu que je pusse en disposer avant que l'âge m'eût donné d'autres droits ! Je puis réparer cette demeure – Et qui sait si je n'y vivrai pas avec celle que j'aime ? Qui sait si ce ne sera pas pour moi comme pour elle, que je l'aurai réparée ? Cet espoir, bien qu'éloigné, vague, incertain, donna à l'ame du jeune homme de l'activité et du courage. Il parcouroit le vieux manoir – C'est là qu'ont vécu mes ayeux, c'est là que vivra Mademoiselle d'Estival, se disoit-il. Le passé et l'avenir se joignant, se pressant, dans son ame, y étouffoient le sentiment du présent. Nul orgueil ne se mêla à ses diverses sensations. Voyant de vieilles tourelles, demeure des sinistres oiseaux, il s'étonna qu'on eût laissé subsister si longtems ces précautions guerrieres, ces moyens de résistance devenus impuissans, soit contre l'autorité armée au nom de la loi, soit contre une multitude forte de son audace. Je suis fâché, familles antiques de chouettes et de chats-huans, dit Ste. Anne, je suis fâché de devoir détruire vos demeures ; mais tout de même vous n'y pourriez rester ; vous effrayeriez par vos cris celle à qui je veux offrir un asyle riant et agréable.

Herfrey n'étant point arrivé encore, Ste. Anne courut à Auray, et trouva un homme entendu qu'il chargea de visiter son château, et de voir ce qu'on en pourroit conserver, après avoir abattu les vieilles tours et tous les vestiges surannés de la féodalité détruite. Cet examen fait avec soin, il devoit ensuite faire un plan et un devis, que Ste. Anne verroit à son retour de Tonquedec, et d'après lesquels il pourroit donner les ordres nécessaires. En revenant d'Auray il fit un détour pour voir un monument du culte des anciens Druides. Il vit ce qu'on prétend avoir été un de leurs autels, et se souvint de la tradition qui veut qu'ils y ayent sacrifié des hommes. Un pareil culte est sans doute horrible, se dit Ste. Anne, mais j'aime autant voir l'erreur que la passion faire des actes de cruauté. Qu'importe qu'on sacrifie ses semblables à un Dieu qu'on a mal conçu, ou à soi-même, à ses propres ressentimens, à sa propre cupidité ? Le paganisme eut ses victimes. Le christianisme eut les siennes, et la philosophie n'épargne pas ceux qu'elle regarde comme ses ennemis.

Ste. Anne, pour méditer plus à son aise, s'étoit assis à l'entrée d'un bois sur le tronc d'un arbre abattu. Deux hommes se promenoient près de lui, à l'ombre de quelques vieux chênes, et comme si le lieu eût inspiré à chacun des réflexions à-peu-près semblables, il entendit l'un de ces hommes dire à l'autre : Nos curés avoient des nieces, mais qu'on aille voir si nos Solons n'ont pas des amies ! Nos prêtres ne se marioient pas, et l'on a crié au désordre, aux mauvaises mœurs ; mais qu'on aille voir dans les pays où les prêtres se marient, si leurs ménages sont toujours bien édifians, si leurs ouailles ne sont jamais négligées ou scandalisées ! Je regrette le tems où nos écrivains les plus distingués étoient polis et chastes, où le théatre même étoit une école de pureté, de décence et de toutes les vertus. – Belle école ! dit en riant l'autre promeneur, belle école ! dont les préceptes n'influent pas un seul instant sur ceux qui les débitent. Demandez à nos actrices, si un amant les trouvoit plus farouches qu'à l'ordinaire, quand elles avoient joué Virginie ou la Rosiere de Salenci. Il faut s'être fermé les yeux à l'évidence pour ne pas voir à quel point nos théatres, nos vers, notre prose et tous nos livres ont été inutiles à nos mœurs, et sont restés pour ainsi dire en dehors de nos ames. Aussi verrois-je brûler tous les livres connus sans jetter une seule goutte d'eau sur le bûcher qui les consumeroit. En disant cela cet ennemi des livres s'assit près de Ste. Anne qu'il voyoit sourire. Pour moi, dit son compagnon, je suis trop vieux pour apprendre à me passer de livres, et je me passerois encore moins d'un ami formé par les livres, à qui les livres ont tout appris, qu'ils ont rendu capable de parler contre eux avec force et avec grace. Allez vous êtes un ingrat ; vous battez votre nourrice ! – Vous me désarmez bien adroitement, dit son ami. On vient de me dire, reprit l'autre, que le jeune Ste. Anne est dans ce canton, et qu'il songe à réparer le château de ses peres. S'il y vient demeurer je desire qu'il aime les livres, qu'il ait des livres, qu'il nous en prête, et qu'il parle et agisse en homme instruit. Ste. Anne, déja debout pour s'en aller, s'arrêta et les regarda, incertain s'il parleroit ; mais je ne sais quelle pudeur de jeune homme lui ferma la bouche. Il se contenta donc de saluer avec une politesse affectueuse, celui-là sur-tout qui espéroit quelque chose de son séjour dans le canton. C'est lui, dit l'autre. Je l'avois à demi reconnu à sa ressemblance avec son pere ; mais l'air dont-il vous a salué m'assure que c'est lui. Tant mieux, dit son ami, car il a une physionomie excellente et à laquelle je me suis d'abord affectionné.

Herfrey arrivoit à Ste. Anne, au même moment où son maître y revenoit. Il rendit compte de ce qu'il avoit fait à Missillac, et dit que Mademoiselle de Rhedon avoit pâli, et que sa main avoit tremblé, en prenant la lettre qu'il lui avoit remise. Du reste il ne savoit rien.

Le soir même les deux voyageurs prirent la route de Tonquedec, où ils arriverent sans accident. Il étoit nuit ; un vieux domestique, avec un chien et une lanterne, faisoit la ronde autour du château, pour lever ensuite le pont. Qui va là ? cria-t-il aux voyageurs. Ste. Anne et Herfrey, lui répondit une voix bien connue. Ah mon Dieu ! soyez les bien-venus, s'écria le vieux Duval. Mais que je suis fâché ! oh quel guignon ! Eh quoi donc ? dit Ste. Anne. Mon maître, reprit Duval, est parti hier pour Missillac. Il a hésité long-tems sur la route qu'il prendroit, et enfin il en a pris une que, par l'évènement, il a eu tort de prendre, car vous serez venus par l'autre, ce qui a fait que vous ne vous êtes pas rencontrés. Mais ni plus ni moins, il faut à souper et des lits. Marie-Rose ! Marie-Ursule ? où êtes-vous ? vîte un rôti à la broche, une salade et des œufs. Puis des draps, et que la chambre de feu Madame de Tonquedec, qui est la plus belle, soit bien balayée, avant qu'on y fasse le lit de l'ami de mon maître. – Honnête et simple hospitalité des vieux tems, combien je vous respecte !

Le serein, tombé ce soir là avec abondance, avoit rendu humide le vêtement des voyageurs. Duval alluma un feu clair et pétillant dont il les obligea de s'approcher ; et tout en rassemblant sur le foyer les éclats qui s'éparpilloient, il raconta les histoires du pays, et comment son maître, après sa longue absence, avoit été accueilli de ses domestiques et de ses anciens vassaux, qui n'avoient cessé de le regretter. On savoit bien que de lui-même il n'auroit pas quitté le pays : son oncle et sa mere l'y avoient forcé ; aussi a-t-on fait en-sorte, dit Duval, qu'il ne fût mis sur aucune de ces misérables listes dont on tourmente les gens. Son retour étoit une grande fête, où lui-même il auroit été bien joyeux, si sa mere ne fût pas morte en son absence. Cette mort gâtoit tout ; et quoiqu'à-présent il soit riche et parfaitement son propre maître, il s'ennuye ici. Aussi le pressons-nous tous de se marier ; et puisse-t-il trouver une femme qui ressemble à sa mere ! Duval pour le moment en resta là, et fut presser les préparatifs du souper, qui, à son gré, se faisoient trop lentement.

Le lendemain, après une nuit comme on n'en a guere que dans un voyage pédestre, Ste. Anne alla revoir des lieux chers à son souvenir. Son pere avoit été le meilleur ami de Monsieur de Tonquedec, et Monsieur de Tonquedec qui l'aimoit autant que son propre fils, l'avoit souvent chez lui avec son précepteur. L'enfant y étoit plus heureux qu'à Missillac, car Madame de Ste. Anne étoit plus imposante que caressante, et elle avoit toujours pris plus de soin de la fortune de son fils, que de son plaisir.

Quand Ste. Anne se fut bien promené autour du château, et se fut baigné dans la petite riviere qui passe tout auprès, il revint s'établir dans la chambre de son ami, et se mit à lui écrire. En venant chez lui, il avoit eu le double motif de le voir et de s'éloigner de Missillac. L'y aller trouver tout de suite ne lui paroissoit pas raisonnable. L'obliger à revenir chez lui tout de suite pouvait le contrarier. Ste. Anne imagina de lui donner rendez-vous à Auray. Outre qu'il pourrait y achever ses arrangemens avec son architecte, ce site lui avoit plu. Il desiroit de revoir avec Tonquedec l'autel des Druides, il desiroit de s'asseoir avec lui à l'entrée du bois, sur le tronc d'arbre qui déjà lui avoit servi de siege, et il lui sembloit qu'il retrouveroit dans ce lieu, et ses méditations et les deux amis dont l'entretien l'a voit intéressé. Il y a des momens de la vie qu'il seroit bien doux de faire renaître ; mais le plus souvent il faut se contenter de se les rappeller. Donnons-leur l'habitude de venir souvent se présenter à nous. Ils égayeront notre existence, et éloigneront d'autres souvenirs qui nous hantent comme de lugubres fantômes, s'attachant à nous pour nous tourmenter.

La lettre de Ste. Anne n'étoit pas encore achevée, quand Duval vint lui dire que son dîner l'attendoit.

Ste. Anne ne put engager Duval à s'asseoir auprès de lui, mais rien ne fut si aisé que de le faire parler. Herfrey qui servoit son maître, sourioit quelquefois de la loquacité de ce Nestor des laquais. Je disois hier au soir que nous souhaitions tous que notre maître se mariât, dit Duval, pourvu toute fois qu'il trouvât une femme qui valût sa défunte mere, excellente Dame ! pieuse, charitable, simple dans ses mœurs, ennemie de l'orgueil, indulgente pour les fautes d'autrui, quoique sa vie eût été exemplaire et irréprochable ! Vous savez, Monsieur, que mon maître me permet de lui parler comme lorsqu'il n'étoit encore qu'un enfant, et que je faisois auprès de lui l'office de précepteur ; non pas à la vérité pour les sciences, car à peine sais-je lire et écrire, mais pour ce qui est de la façon de se conduire avec tout le monde, et de se préserver de blâme et de repentir. Je lui parle donc comme autrefois, sans que jamais il se fâche de mes petites franchises ; au contraire il m'y encourage, et n'ayant que moi ici à qui parler, car Franc son filleul qui le sert avec grande affection n'est encore qu'un enfant, cela fait qu'il me dit bien souvent ce qui lui passe par la tête, plutôt comme à un ancien ami, que comme à un vieux serviteur. Eh bien Monsieur, une fois que j'en étois sur le chapitre du mariage, mon maître me dit un mot qui me fit espérer que mes souhaits seroient accomplis. Si cela se fait, Monsieur, je vous invite à la noce, et vous aurez plus de droits que personne d'y être, car vous aurez fourni le plat sans lequel il n'y auroit point de souper. Moi ! dit Ste. Anne, je ne vous entends pas, mon ami ; il faut vous expliquer mieux, si vous voulez que je vous entende. – Eh n'avez-vous pas rempli vos lettres d'une jeune parente à vous ? d'une Mademoiselle d'Estival ? A ce mot Ste. Anne devint pâle comme la mort. Duval qui étoit presque derrière lui, la main posée sur sa chaise, ne le vit pas ; mais Herfrey le vit si bien, qu'il se hâta de présenter un verre de vin à son maître. Buvez, Monsieur, buvez, dit-il d'un ton qui surprit Ste. Anne. Il regarda Herfrey, rougit et sourit.

Ce fut, reprit Duval, un mot que mon maître jetta dans le discours, qui me donna cette idée que je viens de vous dire. Je la ruminai à part-moi jusqu'au lendemain, et alors je lui dis : mais, Monsieur, peut-être que votre ami prendra pour lui cette Demoiselle. Bon ! dit mon maître, sa mere n'est pas femme à lui laisser épouser une orpheline ruinée. Elle a chez elle une fille fort riche, qui porte un nom ci-devant fort beau, et qui est très-jolie et très-aimable, à ce que me dit Ste. Anne. C'est elle certainement qu'on lui destine. Madame de Ste. Anne est jeune, et elle jouit d'une grosse fortune qui est à elle. Il faut être son propre maître comme je le suis, avoir déja toute la fortune de ses parens, comme c'est malheureusement mon cas, pour épouser sans contradiction et sans difficulté Mademoiselle d'Estival, malgré que sa mere soit une paysanne qui n'a rien de recommandable, et que le château de son pere ait été brûlé et son bien pillé. Voilà en effet, pensois-je, une assez pauvre alliance ; je n'en dis pourtant rien à mon maître, et d'abord après je pensai : n'importe ! Si la fille vaut ma défunte maîtresse, c'est l'essentiel. Mon maître est assez riche pour tous deux, et il vaut mieux avoir un iota de mérite et de bonté de plus, que cent mille écus de plus. Ces choses-là ne doivent pas même se comparer ni se supputer l'une contre l'autre. Feue ma maîtresse avoit une sœur, bonne aussi, et méritante, mais moins qu'elle, et ce moins faisoit une si grande différence, que tandis que nous étions ici en paradis, on n'étoit chez l'autre Dame que médiocrement satisfait. Il n'y avoit là ni le respect ni cette affection qu'il y avoit chez nous. Mais, Monsieur, souffrez-moi cette hardiesse de vous demander si votre parente est jolie ? Ste. Anne ne répondant pas, Duval s'approcha de Herfrey, et lui dit à demi-voix : ton maître est distrait, ou bien il ne sait pas précisément ce qu'il devroit répondre ; car ces gens d'esprit et de grande éducation font quelquefois des distinctions si subtiles, que sur rien ils ne disent ni oui ni non ; dis-moi donc, toi, est-elle jolie ? – Tu hésites aussi ; seroit-elle laide, et ne veux-tu pas le dire par honnêteté ? Non assurément, ce n'est pas cela, dit Herfrey, Mademoiselle d'Estival est bien loin d'être laide. – Elle est jolie donc, ou belle ? – Elle est mieux que belle ou jolie, dit Herfrey, toujours à demi-voix ; elle a un air si vrai, si bon, si simple, et qui pourtant annonce tant de sens et d'esprit, qu'on seroit tenté de lui demander conseil comme à un docteur, et de badiner avec elle comme avec un enfant. Son aspect change selon l'occasion ; il est grave quand il le faut, enjoué quand il le faut, mais toujours, dit Herfrey en élevant peu à peu la voix, il est honnête, aimable, angélique. Quand on la voit, on sent qu'on ne se lassera pas de la voir, et qu'on l'aime mieux que tout ce qu'on a vu, ou verra jamais. Ceux qui dépendront d'elle seront heureux, son mari sera le plus heureux des hommes ; mais si c'est ton maître qui doit l'avoir, si on nous l'ôte pour la mener ici, je n'y veux plus revenir de ma vie. Herfrey s'étoit si bien oublié, si bien exalté, dans sa poétique harangue, qu'il ne pensoit pas du tout qu'il parloit devant son maître ; mais en finissant de parler, il le regarda et le vit renversé contre le dossier de sa chaise, son mouchoir devant ses yeux, et pleurant sans se contraindre. Le silence subit de Herfrey l'ayant fait revenir à lui, il se leva brusquement, et, la main sur le front, pour cacher son trouble, il courut prendre l'air. Duval lui porta du café dans le jardin, et ne soupçonnant pas ce qu'il lui avoit fait éprouver de mortelle peine, il lui conseilla de se reposer dans un endroit bien ombragé, qu'il lui montra, jusqu'à ce que le mal de tête qu'il paroissoit avoir se fût dissipé.

Rentré au château, Ste. Anne déchira sa lettre. Vingt projets différens se présenterent à son esprit. Il repoussa tout ce qui n'étoit pas digne d'une ame ferme et généreuse, et celui qui auroit voulu être porté à Missillac sur les aîles du vent, résolut d'y retourner à pied, et de passer, comme il l'avoit fait en venant, par Ste. Anne et par Auray. Il ne faut pas, se disoit-il, manquer de parole à mon architecte, à qui j'ai promis qu'il seroit chargé de faire réparer ma maison. Il aura fait un plan et un devis qu'il faut voir. On est perdu quand on sacrifie à ses passions sa parole et les convenances, c'est-à-dire, le devoir et l'honneur. Il alla donc à Ste. Anne et à Auray. Il vit le plan, le corrigea, signa les conditions dont on convint, et donna des assurances pour le payement des matériaux et de la main-d'œuvre ; en un mot, il fit tout ce qu'il devoit, mais ce fut sans plaisir ; le charme étoit détruit, car il voyoit déjà Mademoiselle d'Estival mariée avec Tonquedec. Sa mere ne lui laisseroit pas refuser un parti si honorable, si avantageux ; d'ailleurs Tonquedec ne pouvoit déplaire, il valoit mieux que lui ; un peu plus froid, il étoit plus raisonnable. Mademoiselle d'Estival ne viendroit donc point habiter Ste. Anne, mais, lui, il y viendroit demeurer, et s'y trouveroit moins malheureux qu'à Missillac, quand elle s'en seroit éloignée.

L'architecte venoit de le quitter, et il se promenoit devant le château n'attendant que Herfrey pour partir. Il craignoit son retour chez lui et cependant il auroit voulu le hâter. Peut-être arriverai-je, se disoit-il, avant que Tonquedec se soit décidé. – Il alloit donc se mettre en chemin, quand les deux hommes dont on a déja parlé se présentèrent, et lui dirent, en se nommant, qu'ils venoient lui faire visite. Ste. Anne prit sur lui, et les reçut fort bien. Il n'y a que trois jours, se disoit-il, que je souhaitois de les revoir, et je l'écrivois à Tonquedec, quand je voulois qu'il me vînt trouver ici. Est-ce leur faute si depuis tous mes desirs se sont changés en une mélancolique indifférence ? Ste. Anne dit à son fermier d'apporter du vin et du cidre, et à Herfrey, qu'il ne partiroit pas encore ce soir-là. Rappellant aux deux amis la conversation qu'il avoit entendue, il les mit en train de parler, et ils parlerent avec esprit et franchise. Celui qui s'étoit déclaré contre les livres dit : ce qui acheve de me dégoûter de tous ceux qui écrivent et de toutes leurs productions, c'est que rien n'est vrai de ce qu'ils disent, et cela fait qu'à mon gré rien n'est intéressant. Sur les objets les plus rebattus, on nous débite tous les jours les mêmes lieux communs, et sans l'esprit de parti qui se pique de lire tout ce que l'esprit de parti écrit, les feuillets de mille ennuyeux volumes ne seroient pas seulement ouverts. Je sais plusieurs de nos écrivains, les plus féconds et les plus rabâcheurs, qui pourroient nous dire des choses très-curieuses, mais ils s'en gardent bien, et leur parti les assommeroit s'ils s'avisoient de répondre à quelques questions qu'un homme étranger aux partis auroit envie de leur faire. Le lecteur de parti veut s'aveugler et le veut tellement, qu'il consent à être ennuyé à condition qu'il ne sera pas instruit. Sans parler des raïsonnemens auxquels il faut qu'on se borne, il n'y a que certains faits qu'il soit permis de raconter ; et ceux-là on peut les répéter mille fois. Le reste est censé n'être point arrivé. Certains jours, certaines heures n'ont point été ; on les efface des régistres du tems, et de cette sorte tel événement n'eut point de cause, tel autre n'a point d'effet. Faites quelques questions sur ces points délicats, vous êtes un ennemi ; l'on étouffe votre voix profane. C'est Clodius qui se glisse dans un lieu où se célèbrent d'importans mystères, et il y porte l'épouvante. On ne se contente pas de voiler la bonne déesse, on ne se contente pas de dissimuler et de se taire, on invente; et ceux-même qui se feroient scrupule de calomnier leurs ennemis se font un devoir de parer leurs héros de vertus qui leur furent étrangères. Ne pouvant leur attribuer des actions publiques que le public ignore, ils leur prêtent des entretiens particuliers, dans lesquels ils leur font parler un langage qui ne fut jamais le leur. Encore si en contraignant le raisonnement, en corrompant l'histoire, on laissoit un champ libre à la fiction, la vérité pourroit se réfugier chez elle, et la fable seroit vraie. Mais on déchire les feuilles d'un roman impartial, comme celles d'une histoire trop véridique. Esope et la Fontaine n'oseraient, avec certaines gens, donner de la magnanimité au roi des animaux ; avec d'autres, ils n'oseroient le taxer de quelques actes de tyrannie. – Qu'il ne soit plus question de livres, s'écria tout-à-coup l'homme qui parloit, cela donne trop d'humeur, et, ramenant la conversation sur ce qui avoit motivé leur visite, les deux amis témoignerent à Ste. Anne la joie qu'ils auroient de le voir habiter parmi eux. Alors l'informant de leurs occupations actuelles et des choses auxquelles ils s'entendoient le mieux, ils lui offrirent, l'un sa surveillance sur son bâtiment, l'autre son secours pour une meilleure culture de ses terres. Ste. Anne accepta tout avec une obligeante confiance, sachant que la discrétion n'est point ce qui fait plaisir à un homme officieux de bonne foi.

Amenez-nous, dirent ces deux hommes à Ste. Anne en le quittant, une femme qui vous ressemble, dont le maintien et la conduite lui attirent autant d'égards que d'affection, et qui ne soit, pour ainsi dire, d'aucun siecle, afin de mieux convenir à tous, depuis l'âge d'or jusqu'au nôtre. Hélas ! dit Ste. Anne, j'avois presque espéré vous l'amener. Sentant son visage changer et ses yeux se remplir de larmes, il s'excusa de sa foiblesse. Pourquoi s'excuser ? pourquoi ? s'écrierent les deux hommes. Cet aimable abandon nous attache à vous, et dans ces tems d'égoïsme et de défiance, les affections particulieres sont de quelque prix : elles font la douceur et la consolation de la vie.

Ste. Anne quitta le Fermier et sa famille, le vieux manoir et les chouettes condamnées à un triste bannissement ; il les quitta onze jours après son départ de Missillac.

Il y en avoit cinq que son ami y étoit. Voyageant à cheval, ainsi que Franc son filleul, son éleve, qui l'avoit accompagné déja dans de plus grands voyages, il n'avoit pas fallu deux jours à Tonquedec, pour traverser obliquement la péninsule dans toute sa largeur. Déja en chemin il avoit appris qu'il ne trouveroit pas Ste. Anne ; mais ce contretems n'étoit pas si fâcheux qu'il l'empêchât d'éprouver du plaisir en arrivant à Missillac.

Il vit dans l'avenue les deux jeunes personnes dont son ami lui avoit parlé, et il n'eut pas de peine à reconnoître chacune d'elles. Mademoiselle d'Estival tiroit son charme de sa fraîcheur et de sa physionomie ; Mademoiselle de Rhedon, de la délicate régularité de ses traits. La taille de Mademoiselle d'Estival étoit plus haute, celle de Mademoiselle de Rhedon plus élégante. Dans les mouvemens comme dans les formes de l'une, brilloit un naturel heureux qui n'avoit rien de trop agreste ; on voyoit plus d'art dans ceux de l'autre, mais cet art n'avoit rien de trop maniéré ; elle s'observoit seulement un peu plus. Vous êtes sans doute l'ami que Ste. Anne est allé voir, dit Mademoiselle d'Estival à Tonquedec, dès qu'il les eut abordées ; il me semble qu'il y a des rapports entre vous et lui. C'est bien malheureux que vous ne le trouviez pas ici. Il est encore plus fâcheux, dit Tonquedec, qu'il ne me trouve pas chez moi : il ne sera pas dédommagé comme je le suis. Mademoiselle de Rhedon fit à ce compliment une réponse polie et modeste. On ramena Mademoiselle d'Estival à la ferme, puis Mademoiselle de Rhedon revint au château avec Tonquedec. Chemin faisant ils louerent Mademoiselle d'Estival.

Après les premiers discours d'usage entre Tonquedec et Madame de

Ste. Anne, Tonquedec parla de Mademoiselle d'Estival ; et Madame de Ste. Anne, soit qu'elle entrevît le motif qui l'avoit amené, soit qu'elle imaginât tout à coup le parti qu'elle pourroit tirer de son voyage, loua Mademoiselle d'Estival encore plus que n'avoit fait Mademoiselle de Rhedon. Celle-ci fut surprise, ayant toujours pensé que Madame de Ste. Anne ne rendoit pas justice à Mademoiselle d'Estival. Mademoiselle de Rhedon ignoroit qu'à dessein on s'abstient de louer, qu'on loue aussi à dessein et pour qu'il en résulte telle ou telle chose, non pas parce qu'on approuve ou admire. Elle avoit loué sans dessein, et ne devina pas le but des éloges de Madame de Ste. Anne ; mais comme Madame de Ste. Anne, elle souhaita que Mademoiselle d'Estival plût à Tonquedec.

Le lendemain, sous prétexte de concerter avec Mademoiselle d'Estival une visite qu'elle imagina de lui faire faire avec Mademoiselle de Rhedon chez ses parents, Madame de Ste. Anne la fit inviter à dîner au château, ce qu'elle n'avoit point fait encore. Madame d'Estival devina tout de suite les intentions de Madame de Ste. Anne, et pour cette fois elle en fut contente. Ces deux femmes ne différoient que par l'éducation, et il y avoit en chacune de quoi lui faire deviner l'autre.

Ma mere est flattée sans doute, dit Mademoiselle d'Estival à Madame de Ste. Anne, de la faveur que vous m'avez faite aujourd'hui, car elle m'a obligée de m'habiller avec plus de soin qu'à l'ordinaire, et m'a dit de faire tout ce que je pourrois pour me rendre digne de vos bontés. Madame de Ste. Anne sourit en regardant Mademoiselle d'Estival, qui étoit en effet très-bien mise. Elle voyoit que sa mere démêloit et approuvoit son projet, et dès-lors elle crut la chose faite. Mademoiselle d'Estival, plus encouragée qu'à l'ordinaire en étoit plus aimable ; mais cette disposition où on la mettoit faillit à tout gâter : elle parla de son cousin avec un feu et une éloquence tellement affectueuse, que peu s'en fallut que Tonquedec ne vît toute sa prédilection pour lui. Vous faites votre cour à l'ami de mon fils, dit Madame de Ste. Anne, car ses préventions lui sont aussi favorables que les vôtres, et il l'aime autant que vous. Cela seroit difficile, dit Mademoiselle d'Estival. Madame de Ste. Anne dirigea la conversation vers un autre objet, et dans un moment de tête à tête qu'elle fit ensorte d'avoir avec Tonquedec, elle lui dit : Vous voyez bien sans doute quelle femme je destine à mon fils ; je voudrois qu'un honnête homme pût songer à mon autre jeune parente. Cela ne peut manquer d'arriver, dit Tonquedec. Il est vrai, reprit Madame de Ste. Anne, que tout intéresse en sa faveur. Ses malheurs à mes yeux la parent. Sa mere, comme vous le savez, est une paysanne d'Estival – Qu'importe ! dit Tonquedec. Je conviens, reprit Madame de Ste. Anne, que cette femme a du sens, et qu'elle n'a jamais été attachée qu'à Monsieur d'Estival, à ses intérêts et à ceux de leur fille. Madame de Ste. Anne dit beaucoup d'autres choses encore, se réglant sur ce que lui disoit Tonquedec, louant ce qu'il louoit, et prévenant ses objections pour mieux ensuite les combattre. Enfin ce ne fut pas un panégirique qu'elle fit ni un conseil qu'elle donna ; elle se prêtoit à un entretien, et encourageoit doucement une résolution qu'on étoit tout disposé à prendre.

Le jour suivant, Tonquedec ne voyant ni l'une ni l'autre jeune personne, car Madame de Ste. Anne les avoit envoyées de grand matin chez Madame de Kerber, s'ennuya un peu, et fut fâché sur-tout de l'absence de Mademoiselle d'Estival. Seriez-vous amoureux déjà ? lui dit en souriant Madame de Ste. Anne. Non, dit-il, mais il me convient de me marier. J'aurois pu hésiter entre vos deux parentes, si l'une n'avoit pas été destinée à votre fils. Il m'a fait dans ses lettres l'éloge de l'une et de l'autre, mais surtout celui de Mademoiselle d'Estival ; il en parloit con amore, (je le crois bien, dit tout bas Madame de Ste. Anne) et peut-être cela m'a-t-il disposé encore plus favorablement pour elle que pour Mademoiselle de Rhedon. D'ailleurs le plaisir de faire un sort à celle qui n'en a point qui soit fixe et heureux, me tente ; car qu'est-ce qu'une mere comme la sienne pour tout appui, et qu'est-ce qu'une métairie, un verger, un jardin pour toute fortune ? Bien peu de chose en effet, dit Madame de Ste. Anne. D'ailleurs, continua Tonquedec, sans être précisément amoureux, je suis charmé d'elle. Voulons-nous aller à la ferme ? dit Madame de Ste. Anne ; vous verrez qu'en effet c'est une mince possession pour faire vivre deux femmes. Ils allerent. Chemin faisant, Tonquedec dit à Madame de Ste. Anne ; croyez-vous, Madame, que ce soit ma belle-mere que je vais voir ? – Je ne sais, répondit Madame de Ste. Anne, mais je ne serois pas bien surprise que vous vous déterminassiez à faire tout de suite la demande de fille à sa mere. Ce seroit bien prompt, dit Tonquedec, Mademoiselle d'Estival ne dissimule pas, dit Madame de Ste. Anne. Telle vous l'avez vue, telle elle est ; d'ailleurs vous la connoissez parfaitement par mon fils.

Madame d'Estival ne montra pas, quand ils entrerent chez elle, une grande surprise, et se garda bien de dire que c'étoit la premiere fois qu'elle voyoit de près son orgueilleuse voisine. Madame d'Estival avoit, ainsi que sa fille, de l'esprit, de la sagacité, du tact même ; mais autrement employées, ces qualités avoient pris une allure fort différente. Plus on voyoit la fille, plus on l'aimoit ; pour être content de la mere, il ne falloit la voir ni bien long-tems de suite, ni dans l'abandon de la familiarité : sur-tout il ne falloit pas la voir fort aise ou fort fâchée, car alors le mince vernis qui couvroit une ame et des habitudes extrêmement vulgaires tomboit entierement.

La conversation, assez froide d'abord, devint peu à peu intéressante. Madame d'Estival parla de ses malheurs avec modération et courage. Elle plaignit sa fille, car pour elle, avoit-elle des droits à un meilleur sort ? d'ailleurs sa vie étoit bien avancée, et ce qu'elle avoit souffert devoit naturellement en hâter la fin. Mais sa fille ! Elle n'avoit pas dix-sept ans ! Tonquedec s'émut d'autant plus qu'on ne paroissoit pas penser à l'émouvoir. Madame de Ste. Anne se mêloit si peu de la conversation, qu'on auroit dit qu'elle n'écoutoit pas. Quelques traits racontés dans les lettres de son fils, quelques jugemens portés sur Mademoiselle d'Estival, vinrent les uns après les autres se retracer à l'esprit de Tonquedec et lui dire : l'émotion que tu éprouves, non-seulement t'inspire un dessein noble, mais il te dispose à une action sage. Obéis à cette impulsion, car elle te mene bien. Voulez-vous me charger du sort de l'objet de vos sollicitudes, dit-il à Madame d'Estival, voulez-vous me donner votre fille ? D'après ce que j'ai entendu dire de vous, Monsieur, répondit Madame d'Estival, qui contenoit sa joie sous un air de réflexion, et non-seulement ce que j'ai entendu dire de vous, mais aussi ce que je vois, ma fille ne sauroit tomber dans de meilleures mains, et rien ne pourroit me rendre plus tranquille et plus contente.

Tonquedec jetta les yeux sur Madame de Ste. Anne, et ne vit dans les siens qu'une légere approbation, sans aucune surprise. On trouvera peut-être que je vais bien vîte, lui dit Tonquedec, mais le sort de Mademoiselle d'Estival m'a vivement touché ; d'ailleurs, d'après ce que votre fils m'a dit, je crois la connoître, et il me semble que je fais mon propre bonheur, en m'engageant à faire tout ce que je pourrai pour le sien. Je vous approuve, dit Madame de Ste. Anne. On s'est mille fois décidé sur l'importante affaire du mariage avec beaucoup moins de connoissance de cause, et sans avoir examiné autre chose après un quart d'heure d'entrevue, qu'un rentier et de vieux parchemins. Ma fille est à vous, dit Madame d'Estival – Pourvu toute-fois qu'elle y consente, interrompit Tonquedec. – Je vous prie d'avoir assez bonne opinion d'elle pour n'en point douter. La mere et la fille se trouveront heureuses de vous avoir, l'une pour époux, l'autre pour gendre. C'en étoit assez pour Madame de Ste. Anne, et ces paroles ayant été dites d'un ton qui commençoit à s'animer un peu trop, elle crut qu'il ne falloit pas en faire dire davantage à Madame d'Estival, dont elle prit congé fort honnêtement. Sa calèche l'étoit venu chercher ; elle y monta avec Tonquedec, et, sous prétexte de profiter d'une belle soirée pour lui montrer les environs de Missillac, elle fit durer la promenade jusqu'à heure où Mademoiselle d'Estival seroit certainement rentrée chez elle ; car elle trouvoit fort important que ce fût sa mere qui lui parlât la premiere de son mariage, et non Tonquedec, à qui elle auroit pu répondre de maniere à tout gâter.

Mademoiselle de Rhedon étoit donc seule au château, lorsque Madame de Ste. Anne et Tonquedec rentrerent. Elle raconta sa journée avec plaisir et intérêt, disant que Mademoiselle d'Estival en avoit fait le charme, par les questions et les réflexions pleines de finesse et de justesse, qu'elle avoit faites sur tous les objets qui lui étoient nouveaux. Nous avons trouvé chez Madame de Kerber, dit-elle, l'homme dont sa fille nous a parlé dans une lettre, et pour qui Madame de Rieux rajustoit sa coëffure. Il est beaucoup mieux que Mademoiselle de Kerber ne nous l'avoit dit, aussi Madame de Rieux ne le trouve-t-elle pas indigne de quelque petite coquetterie. Eh bien, il n'a fait attention qu'à Mademoiselle d'Estival, qu'il avoit déjà vue une fois, et en vérité je ne serois pas surprise qu'au premier jour il la vint demander en mariage. Il lui a dit qu'il auroit l'honneur de la voir bientôt. Jamais l'art, pas même celui de Madame de Ste. Anne, n'eût pu rien inventer de plus favorable. Tonquedec, un peu rêveur pendant la promenade, redevint plus gai pendant les récits que fit Mademoiselle de Rhedon ; et lorsqu'elle les termina, comme nous venons de le voir, il se sentit véritablement joyeux et dit en riant ; quoique bientôt, cet amoureux viendra trop tard, à ce que je présume, et ce n'étoit pas là une puérile joie, ni le triomphe d'un enfant. Tonquedec, content de sa détermination, content de son choix, mais avec ce mélange d'une prévoyance craintive, que tout homme raisonnable doit éprouver dans une pareille position, Tonquedec fut et devoit être fort aise de n'avoir pas été prévenu auprès de Madame d'Estival, qui auroit agréé un autre gendre tout aussi volontiers que lui.

Madame d'Estival, voyant sa fille fatiguée de sa course et de la vue de beaucoup d'objets nouveaux, attendit au lendemain à lui parler de la grande affaire qu'elle venoit de conclure, sans l'intervention de celle que cette affaire intéressoit le plus. – Remercie-moi, dit-elle, je t'ai mariée hier, et très-bien mariée. – Ste. Anne n'est pourtant pas revenu, dit la jeune personne, vous plaisantez sans doute. Non, dit la mere, je ne plaisante point, et elle lui raconta ce que l'on vient de lire. Quoi ! s'écria Mademoiselle d'Estival, me marier sans l'aveu de mon cousin, du premier, du seul homme qui m'ait témoigné de l'intérêt, et pour qui j'aie senti une vive amitié ? Il a pensé à moi, il me l'a dit. – Que ne m'a-t-il parlé comme cet homme-ci, dit sa mere. Mais je t'ai demandé si tu souhaitois qu'il devînt ton mari, et tu m'as dit que non. Je craignois le mariage, dit en pleurant Mademoiselle d'Estival. Ah bon Dieu ! Si j'avois pu prévoir tout ceci, j'aurois répondu autrement à vous et à lui-même. Sa mere la laissa pleurer quelque tems, puis enfin elle lui dit : Tu es folle, sans doute. Mon Dieu non, dit la jeune personne, je ne suis pas folle ; mais je l'étois quand je me suis imaginée que Ste. Anne ressembleroit aux maris que j'ai vus, à celui de Nantes qui ne disoit rien, à celui de Vannes qui disoit des duretés, à celui de Brest qui ne se soucioit déja plus de sa femme le lendemain de son mariage. Pourquoi m'aller embarasser l'esprit de tous ces gens-là ? Pourquoi me souvenir d'eux et ne pas consentir tout uniment à passer ma vie avec un homme que j'aime comme moi même ! Tais-toi, dit la mere séchement ; je ne veux pas entendre de pareilles extravagances. C'est un péché de parler comme cela d'un homme, et sur-tout quand on est promise à un autre. Je suis bien honteuse de t'avoir assez mal élevée, pour que tu ne saches pas que tu parles fort mal. Mademoiselle d'Estival ainsi tancée ne parla plus et pleura. Sa mere se montra bientôt fort impatientée de ses larmes. – Est-ce un péché aussi de pleurer ? dit-elle amèrement, et ne faut-il pas que je coure en chantant rendre grace à Madame de Ste. Anne et au mari qu'elle me donne, pour que je n'aye pas son fils ? car à présent je vois toute la finesse, tout le but de cette obligeance si nouvelle, de ce sourire si doux, de cette invitation d'avant-hier, de cette course d'hier… Taisez-vous, petite fille, interrompit Madame d'Estival, ne jugez pas la conduite de gens plus sages que vous : dans un moment vous en viendrez à accuser votre mere. Puis se modérant un peu, et toujours attentive à ne lui pas laisser entrevoir qu'elle fût le moins du monde libre de refuser un mariage qui lui déplaisoit, elle lui dit : Tu habiteras avec un homme fort doux, fort bon, fort obligeant, une bonne et belle maison fort bien située… Ah mon Dieu ! voilà à quoi je ne songeois pas, et voilà bien le comble du malheur pour moi, dit Mademoiselle d'Estival. Il me faudra quitter ce lieu, où pour la premiere fois de ma vie je fus heureuse. Il y a quelques semaines que je ne connoissois pas le bonheur ; actuellement j'étois heureuse, et déjà il faut que cela finisse, ou plutôt déja cela est fini ; et ses larmes coulerent plus abondamment qu'auparavant.

Vous êtes une ingrate, lui dit sa mere ; oui, une ingrate. Vous n'aimez que vous ; vous ne vous souciez point d'une mere qui s'est sacrifiée pour votre bonheur. Pensez-vous que ce fût pour moi que j'ai pressé votre pere de m'épouser ? Que pouvois-je y gagner pour moi ? la haine de ma famille qui me l'a bien montrée, et le mépris de la sienne qui m'en donne des marques tous les jours. Je ne pense pas que la fiere Madame de Ste. Anne eût jamais consenti à voir son fils devenir mon gendre ; mais s'il vous avoit épousée malgré elle, de quel air nous auroit-elle regardées, et moi sur-tout, et qu'aurois-je eu moi pour me dédommager de ces mortifications, dont, faite comme je vois que vous l'êtes, vous vous seriez fort peu embarrassée ? Je n'ai que cet endroit-ci pour habitation. J'y aurois été seule et délaissée, pendant que vous seriez allé briller à deux pas de moi, m'oubliant comme si je ne vous avois pas mise au monde. – Mon Dieu, que dites vous ! s'écria Mademoiselle d'Estival, en baisant les mains de sa mere, moi vous oublier ! moi songer à briller ! à peine je vous comprends, tant ce que vous dites est loin de ma pensée. – Allez, dit la mere, je connois le monde un peu mieux que vous. Ce qui est loin de la pensée aujourd'hui, peut fort bien s'y introduire demain. Si votre mari et sa mere vous avoient bien traitée, vous ne vous seriez plus mise en peine de votre propre mere ; si vous aviez été dédaignée au château, vous seriez venue pleurer à la ferme. Mais, dit Mademoiselle d'Estival, étoit-il si pressé de me marier ? Vous avez vu par mes réponses sur Ste. Anne, que je ne trouvois pas que cela fut pressé du tout. – Enfant que vous êtes ! dit la mere, ne croyez-vous pas qu'il en coûte pour vous habiller comme vous l'êtes, et pour vivre comme nous faisons, quoique ce soit frugalement ? J'ai voulu, et je savois bien pourquoi, que vous fussiez vêtue en Demoiselle. L'étalage de la misere ne tente personne ; pour qu'elle touche, il faut qu'on la soupçonne, non pas qu'on la voye. Vous pûtes dire le jour de la morsure du chien, et j'en fus bien aise, vous pûtes dire à ces belles Dames : il est accoutumé à vos robes, j'en porte comme vous. Mais ne croyez pas que les poires et les pommes de notre verger me donnent de quoi vous faire dire : j'en porte comme vous. C'est au moyen de quelques anciennes épargnes, que j'ai pu vous tenir sur le pied où l'on vous a toujours vue ; j'espérois d'amener la bonne fortune qui enfin m'est venue hier, et que je n'ai garde de laisser échapper.

Mademoiselle d'Estival, plus humiliée que reconnoissante, regardoit ses vêtemens avec chagrin quand sa mere ajouta : mais ce n'est pas tout que des robes et des fichus honnêtes, des bonnets, un chapeau, avec lesquels on ose se montrer, il faut surtout avoir de quoi manger et boire, et il suffiroit d'une année ou deux de mauvaise récolte de foin et de fruits pour que nous eussions manqué du nécessaire. Que faire alors ? Aurois-tu voulu que ta mere, qui n'est plus jeune, se fût fait servante de basse-cour chez quelqu'un de tes fiers parens ? Non, ma mere, non, s'écria Mademoiselle d'Estival avec douleur. Cependant si j'osois… N'ose pas, je te défends d'oser, et t'ordonne d'obéir, dit séchement sa mere. Un mariage comme celui qui se présente, a toujours été l'objet de mes vœux. Il est nécessaire pour mon repos d'assurer notre subsistance. Il me convient de m'éloigner d'un lieu où je suis méprisée, d'une femme, d'une famille qui me traite avec dédain. Considere bien cela, et témoigne à l'homme qui te recherche, que tu l'épouses avec joie, si tu ne veux pas perdre la tendresse de ta mere, et t'attirer son aversion.

Ainsi le discours de Madame d'Estival, qui avoit ressemblé presque en tout point à celui de Madame de Ste. Anne, finit de même, et presque dans les mêmes termes. Les deux meres avoient beaucoup fait, l'une pour son fils, l'autre pour sa fille, et vouloient actuellement s'en récompenser beaucoup, se servant pour cela de l'objet de leurs soins, de maniere à faire douter si elles n'avoient pas eu toujours plus d'égoïsme que de tendresse. Du moins n'avoient-elles jamais aimé qu'à leur maniere, et sans consulter que leurs goûts et leurs humeurs, dans le lot qu'elles avoient voulu, faire à ceux qu'elles aimoient. On parle beaucoup de la faculté de sentir pour les autres, de se mettre à la place des autres, mais l'a-t-on cette faculté ? où prendre le modele d'une sensation qu'on n'a pas éprouvée ? Comment se rendre propre un sentiment que l'on n'a point ? Pour aimer comme il est agréable d'être aimé, il faut des organes presque semblables et modifiés par des habitudes presque semblables. Deux freres, deux jumeaux doivent s'aimer de cette douce et heureuse tendresse, et, sans une malédiction particuliere, la fable des enfans d'Oedipe seroit mal imaginée, au lieu que celle de Castor et Pollux l'est fort bien. Disons que des deux meres la plus raisonnable étoit Madame d'Estival, et que ses motifs étoient tout autrement puissans, que ceux de Madame de Ste. Anne ; aussi firent-ils beaucoup plus d'effet. D'ailleurs la jeune fille, plus jeune que son amant, ne connoissoit pas comme lui les bornes de l'autorité d'une mere.

Cette conversation entre Madame et Mademoiselle d'Estival avoit eu lieu le matin. L'après-dîné, Tonquedec, accompagné de Mademoiselle de Rhedon, vint a la ferme. Avez-vous parlé à votre fille, dit-il à la mere en l'abordant. Je n'y ai pas manqué, répondit-elle. Vous allez la trouver un peu pensive. C'est une grande affaire pour une fille de changer d'état, et le hazard a voulu qu'elle n'ait jamais vu que d'assez mauvais ménages, dans tous les endroits où nous nous sommes successivement réfugiées ; les maris et les femmes étoient froidement ensemble, ou vivoient comme chien et chat. Elle en avoit pris une peur horrible du mariage. N'est-il pas vrai, ma fille ? continua-t-elle en s'adressant à Mademoiselle d'Estival dont on s'étoit rapproché, et à qui Tonquedec trouva un air assez triste, et des yeux encore rouges des pleurs qu'elle avoit versés en abondance. Aurois-je le malheur de ressembler à l'un des froids ou fâcheux maris que vous avez vus ? lui dit il en lui prenant la main. Non assurément, lui répondit-elle. Craindriez-vous de ma part, reprit-il, les procédés qui vous ont fait de la peine pour d'autres femmes ? Je n'ai, dit-elle, aucune raison de les craindre. Vos craintes m'affligeroient sensiblement, dit Tonquedec en lui baisant la main. Mademoiselle d'Estival attendrie, sourioit et pleuroit. Ne parlons de rien que de gai, dit sa mere. Nous avons assez pleuré quand il y avoit de quoi ; à présent que nous avons tout sujet d'être contentes, sachons nous réjouir.

Tonquedec alors, regardant autour de lui, loua la propreté et l'arrangement de tout ce qu'il voyoit. Vous avez, dit-il, une jolie demeure ; vos prés sont beaux, vos arbres sont chargés de fruits. Cette habitation m'est chere, dit Mademoiselle d'Estival. Nous y viendrons quand vous voudrez, dit Tonquedec. J'aime beaucoup mieux ces sortes de maisons, que des demeures plus vastes. On y jouit plus de soi. On y est plus près de tout ce dont on s'est entouré, pour en faire le bonheur et l'amusement de sa vie ; car la femme qu'on s'est choisie, on l'entend respirer, on la voit se mouvoir ; des domestiques, si on en a, travaillent sous les yeux de leur maître, et reçoivent ses encouragemens. Un chien qu'on affectionne est là, on le caresse à toute heure. Le mari a son livre sous sa main, la femme son ouvrage. – Mademoiselle d'Estival écoutoit Tonquedec avec plaisir. Je serai fort aise, dit-elle, de revenir quelquefois ici ; elle pensoit à son cousin qu'elle reverroit. Nous y reviendrons, dit Tonquedec, je vous le promets, et il suffit que vous le souhaitiez pour que nous y revenions. S'il faut ici quelque réparation, si vous y voulez faire quelque embellissement, ce sera notre premier soin ; vous n'imaginez pas à quel point je desire de vous plaire et de vous rendre heureuse. Madame d'Estival fut fort contente du tour que prenoit la conversation, cependant lorsque Mademoiselle de Rhedon la pria de la part de Madame de Ste. Anne, de trouver bon que sa fille passât le reste de la soirée au château, elle montra quelque répugnance. Oh, dit Tonquedec, vous pouvez nous la confier ; elle n'est pas plus en sûreté avec sa mere, qu'avec un amant tel que moi. Il ne devinoit pas ce que craignoit Madame d'Estival. Prenez garde, dit-elle tout bas à sa fille, en faisant semblant de rajuster sa coëffure, et pour plus de sûreté ne dites pas un mot de votre cousin. Madame de Ste. Anne, qui avoit précisement les mêmes craintes que Madame d'Estival, avoit fait venir des musiciens de Nantes, et l'on donna à Mademoiselle d'Estival le premier concert qu'elle eût jamais entendu. Pendant le souper qui suivit, Madame de Ste. Anne eut soin d'entretenir l'étourdissement, pour faire taire les souvenirs et prévenir la conversation. Mademoiselle d'Estival n'avoit jamais vu de feu d'artifice, on le savoit ; quelques fusées qu'on s'étoit procurées l'étonnerent beaucoup. Enfin Madame de Ste. Anne la reconduisit elle-même a la ferme avec Mademoiselle de Rhedon et Tonquedec. Le lendemain on l'alla chercher, et elle trouva grand monde au château. On se disoit a l'oreille son mariage. Madame de Ste. Anne en recevoit les complimens avec une modestie affectée. Ce n'est pas moi, dit-elle à quelqu'un qui l'en louoit beaucoup. Je ne suis pour rien dans cette affaire. Tonquedec l'a vue, et lui a rendu justice. Mademoiselle d'Estival l'entendoit, et surtout la voyoit parler ; elle vit dans ses yeux la fausseté de ses paroles, et sentit un tel éloignement pour elle, qu'elle applaudit à celui que sa mere avoit témoigné. Cela fut au point, qu'elle se consola presque de n'être point à son fils, par le bonheur qu'elle trouva à ne l'avoir pas pour belle-mere. Elle est hautaine non-seulement, mais artificieuse, dit-elle ; elle m'a caressée pour se défaire de moi ; dépendre d'elle eût été un malheur. Elle m'auroit haïe, et pour se venger de moi, elle m'auroit peut-être brouillée avec son fils. À présent, de peur qu'il ne soit mécontent d'elle, elle publie qu'elle n'est pour rien dans ce mariage où elle est pour beaucoup. Oui sûrement, pour beaucoup. Je vois dans ses yeux combien elle s'applaudit de m'avoir ôtée à son fils, en me donnant à un autre. Quelques larmes de dépit, plutôt que de chagrin, coulerent alors de ses yeux. Tonquedec qui avoit les siens fixés sur elle, la vit pleurer, s'en alarma, et, s'approchant, lui demanda de quoi elle pleuroit ? D'indignation, dit elle. Contre qui ? dit Tonquedec. Mademoiselle d'Estival ne voulut pas le dire ; mais regardant autour de lui, il ne vit que Madame de Ste. Anne, qui pût dans ce moment occuper son attention. Par une suite de la tournure qu'avoient pris ses idées, elle parla à Tonquedec avec plus de confiance et de plaisir, qu'elle n'avoit encore fait. Pour la premiere fois leur entretien fut libre et animé. Tonquedec se trouva heureux ; et, attentif à tout ce qui pouvoit plaire dans celle qui lui faisoit éprouver un sentiment si agréable, qui lui donnoit pour l'avenir de si douces espérances, il admira la vivacité de ses yeux, l'éclat de son teint, la beauté de ses cheveux ; il vit même qu'elle avoit le pied petit, et la main extrêmement belle.

Dans ce moment on lui apporta une lettre. Madame de Ste. Anne attentive à tout ce qui se passoit, vit la lettre, et crut voir qu'elle étoit de son fils.

Elle n'osa pourtant le lui demander, et il sortit pour la lire.

Comme il rentroit, Madame de Ste. Anne alla à sa rencontre. J'ai, dit-elle, par le plus grand hazard du monde, un notaire dans ma maison. Voulez-vous qu'après qu'il aura écrit l'acte pour lequel il est venu, il dresse votre contrat de mariage ? Cela sera bientôt fait. Vous savez sans doute les avantages que vous voulez faire à votre future ; pour elle, ses charmes sont sa seule dot. Et voyant que Tonquedec hésitoit – Vous pourrez ensuite aller signer le contrat à la ferme, ou bien nous engagerions Madame d'Estival à venir ici. Non, dit Tonquedec, cela n'est pas si pressé. Votre fils m'écrit qu'il revient incessamment ; j'aime mieux l'attendre et donner, lors de la signature du contrat, une fête que sa présence me rendra plus agréable. Comme vous voudrez, dit en rougissant Madame de Ste. Anne ; mais cette fête, vous auriez pu la donner pour votre mariage, qui n'en auroit pas été plus pressé, quand le contrat auroit été signé. Non, dit Tonquedec, j'aime mieux que la chose se passe comme je viens de le dire ; j'attendrai Ste. Anne. C'est sa proche parente que j'épouse, il signera au contrat. Dans ce moment il vint à l'esprit à Tonquedec, que Madame de Ste. Anne avoit beaucoup pressé les choses, et il eut quelque soupçon de l'intérêt qu'elle y pouvoit avoir. Il s'étonna de n'y avoir pas pensé plutôt, et de n'avoir pas été surpris qu'une femme du caractere dont il la connoissoit, eût eu tant de bonté pour Mademoiselle d'Estival et pour sa mere. Il se rappella ce qu'il avoit dit à Duval dans cette conversation, que celui-ci rapporta à Ste. Anne. L'homme le plus pénétrant ne s'apperçoit du piege que lui tend une femme adroite, que lorsqu'il y est pris plus qu'à moitié.

Peiné par ses reflexions, Tonquedec pour se distraire proposa à mes Demoiselles de Rhedon et d'Estival une promenade, qui finit par la ferme où Tonquedec et Mademoiselle de Rhedon resterent jusqu'à la nuit. Le reste de la compagnie n'avoit pas encore quitté le château. L'on jouoit dans un sallon qui donnoit sur l'avenue ; mais comme l'appartement étoit fort éclairé, on n'y voyoit rien de ce qui se passoit dehors, et l'avenue paroissoit tout-à-fait sombre.

Les deux voyageurs, Ste. Anne et Herfrey, purent donc entrer au château sans être du tout apperçus. C'est ce que Ste. Anne avoit désiré, et il avoit fait ensorte d'arriver le plus tard possible. Avec quel battement de cœur ne monta-t-il pas l'escalier ! Ses yeux, trompés par l'amour et la crainte, lui avoient fait voir dans deux hommes parlant politique sur le balcon, Tonquedec et sa cousine s'entretenant ensemble. Herfrey, à qui il le dit, réussit pourtant à le détromper ; mais si les futurs époux n'étoient pas sur le balcon, ils étoient assis près l'un de l'autre dans l'appartement, et Madame de Ste. Anne, enchantée de ce mariage, avoit sans doute donné à cette occasion une fête brillante. Ce n'étoient pourtant encore là que des conjectures, des images fantastiques, et à peine purent-elles, vives et fâcheuses comme elles étoient, adoucir tant soit peu le coup qui fut porté au pauvre Ste. Anne, quand le petit Franc le voyant entrer dans sa chambre courut à lui en lui criant, oh que vous venez à propos ! Nous nous marions, Monsieur, votre bon ami se marie, et vous serez de nôce. On avoit même pensé à signer le contrat ce soir. Heureusement Ste. Anne étoit près d'un siege, sur lequel il se laissa tomber. Ton maître se trouve mal, dit Franc à Herfrey qui entroit. C'est la fatigue du voyage, dit celui-ci, et il courut chercher ce qu'il crut le plus propre à l'état de son maître, auprès duquel il laissa Franc. L'évanouissement ne fut pas long ; mais la situation où se trouva Ste. Anne, quand il revint à lui, fut affreuse. Cependant il falloit se surmonter, il falloit se montrer un homme ; mais Ste. Anne crut qu'il pouvoit se donner quelques heures pour prendre l'air et le ton qu'il sentoit devoir prendre, et pria Franc de dire à son maître, qu'il ne le verroit que le lendemain. Je l'entends qui revient de la promenade avec Mademoiselle de Rhedon, dit Franc ; il sera bien fâché que vous ne lui permettiez pas de vous embrasser tout de suite. Qu'il entre donc, dit Ste. Anne, un peu soulagé par la pensée qu'il n'étoit pas avec Mademoiselle d'Estival.

Tonquedec, averti par son jeune domestique, entra ; mais il trouva à Ste. Anne la voix si altérée et la peau si brûlante, qu'il jugea qu'il falloit le laisser reposer. Il convint même avec Herfrey et Franc, qu'on ne diroit à personne, pas même à Madame de Ste. Anne, que son fils fût revenu.

La nuit fut fâcheuse pour les deux amis ; mais tous deux penserent ce que des amis doivent penser. Je ne troublerai pas la félicité de Tonquedec, se dit Ste. Anne. Si Ste. Anne aime sa cousine, je renonce à elle, pensoit Tonquedec.

Le matin, Tonquedec vint doucement auprès de Ste. Anne. Il dormoit. Tonquedec fut un peu rassuré, et, s'étant assis au chevet de son lit, il y attendit son réveil. Ce fut un plaisir pour Ste. Anne, quand il ouvrit les yeux, de voir son ami. La jalousie, dans un bon cœur, n'est point amere ni injuste ; l'amour n'y étouffe pas l'amitié. Ste. Anne pria Tonquedec de dire son retour à sa mere et à Mademoiselle de Rhedon, et de les prier de permettre qu'il se reposât toute cette matinée et ne les vît que l'après-dîné. Quant à toi, dit-il en serrant la main à Tonquedec, si tu n'as pas mieux à faire… Si tu le peux sans te gêner… – Mieux à faire ! interrompit Tonquedec. Reviens donc passer la matinée avec moi, dit Ste. Anne.

Pendant le sommeil de Ste. Anne et ce moment de conversation, les rideaux des fenêtres avoient été fermés, et le lit étoit placé de maniere que Tonquedec n'avoit pu voir le visage de son ami. Il fut frappé, quand il revint auprès de lui, de son air pâle et défait ; mais il ne le lui témoigna pas ; et Ste. Anne ne se plaignit d'aucun mal ni d'aucun chagrin. Leur conversation ne fut pas fort vive, mais raisonnable et douce. Ste. Anne raconta le petit voyage qu'il venoit de faire, et n'oublia pas les deux amis ni leur conversation, ni sur-tout le mal que l'un des deux disoit des écrivains et des lecteurs du jour, et en général des livres. Il est bien vrai, dit Tonquedec, qu'un siecle et demi de la plus riche littérature, dont aucune nation ait jamais pu se vanter, ne nous a pas valu beaucoup d'utiles lumieres, ne nous a donné ni mœurs ni humanité. Ce sujet les conduisit aux querelles politiques. Tous deux étoient bien résolus à ne s'en mêler jamais, et à laisser leur pays s'arranger au gré du grand nombre, qui, tôt ou tard devoit, à ce qu'ils pensoient, avoir le dessus. En cela ils se trompoient peut-être ; il y a tant de gens qui, pris ensemble ou séparément, n'offrent aux yeux d'un observateur, qu'une machine incapable de volonté et de raisonnement ! C'est ce que Ste. Anne ne voyoit pas sans doute, quand il rejettoit les appellations collectives, et que, de peur qu'on ne sentit point assez le bien et le mal de son semblable, il vouloit qu'on dit : Les soldats souffrent de la faim, et non point : l'armée est mal approvisionnée. Les paysans travaillent trop, les artisans ne sont pas assez payés, les honnêtes marchands se ruinent, et non : la culture manque de bras, l'or se cache, le commerce est entravé. Tonquedec et Ste. Anne avoient les mêmes sentimens. Tous deux trouvoient absurde qu'on voulût replacer un siecle dans un autre siecle, selon l'expression d'un homme d'esprit, qui, voyant certaine contrée encore soumise à des princes ecclésiastiques et laïques de toutes les dénominations, à des chapitres, des ordres, des corps privilégiés, disoit dernièrement : cela ne peut pas durer ; un siecle ne peut pas être contemporain d'un autre siècle, dans des pays sur-tout qui se touchent. Tonquedec et Ste. Amie disoient l'un et l'autre : je n'attaquerai ni les hommes nouveaux ni les opinions nouvelles. Si l'on m'attaque ou si l'on t'attaque, je défendrai et toi et moi.

Après, une heure ou deux de pareils discours, et un quart d'heure de silence, Tonquedec dit à son ami : ne t'auroit-on pas dit que je me marie ? d'où vient que tu ne m'en parles pas ? Franc me l'a dit, répondit Ste. Anne, en baissant les yeux, et les fixant sur le plan de son architecte, qu'il avoit montré à son ami, et je ne savois pas si cette autorité étoit suffisante pour que je dusse le croire. Si la chose est véritable, je te félicite. Personne au monde ne prendra plus de part que moi à ton, bonheur. Je le crois, dit Tonquedec. Ta mere m'a beaucoup loué ta jeune parente. Je lui sais gré de lui avoir rendu justice, dit Ste. Anne. La situation de cette jeune personne m'a touché encore plus que ses charmes et son mérite, reprit Tonquedec. Ce sentiment est digne de toi, dit Ste. Anne. Sois heureux et rends-la heureuse. Ste. Anne avoit tellement pris sur lui, que dans ce peu de mots sa voix n'avoit pas trahi son cœur. Il parla d'autres choses, et Tonquedec le quitta n'étant encore sûr de rien ; cependant il résolut que la journée ne s'acheveroit pas sans qu'il fût instruit des sentimens de Ste. Anne et de la jeune fille. Si elle le préfére et qu'elle en soit aimée, tout est dit, se disoit-il.

D'abord après-dîné, il alla chercher Mademoiselle d'Estival, qui se fit presser, tant elle avoit pris d'éloignement pour le château et pour Madame de Ste. Anne ; mais cet éloignement rassurant sa mere sur les imprudences qu'auparavant elle craignoit, elle l'obligea à aller avec Tonquedec. Madame d'Estival étoit encore plus contente ce jour-là, et plus obligeante avec lui que les jours précédens.

Ils trouverent au château Mademoiselle de Kerber qui venoit d'arriver, et à qui l'on n'avoit point encore dit le retour de Ste. Anne. Madame de Ste. Anne et Mademoiselle de Rhedon ne l'avoient point encore vu, et n'étoient pas sans inquiétude sur son compte ; et quoique cette inquiétude fût la même chez toutes deux, elles ne se la disoient pas. Elles virent l'une et l'autre, que Tonquedec n'avoit pas parlé de Ste. Anne à Mademoiselle d'Estival, ce qui augmenta en elles une crainte vague qui, chez Madame de Ste. Anne, datoit de la veille, c'est-à-dire du moment où Tonquedec, après avoir lu la lettre de son ami, s'étoit obstiné à l'attendre pour la signature du contrat. Rien de tout cela n'échappoit à Tonquedec, depuis qu'il étoit entré en quelque défiance, et sa défiance en étoit augmentée.

Tout le monde donc étoit assez silencieux, et Mademoiselle de Kerber comme les autres. Elle avoit appris le mariage de Tonquedec, et savoit par la lettre que Ste. Anne lui avoit écrite la veille de son départ, combien il en seroit fâché ; de sorte qu'elle redoutoit extrêmement pour lui le moment de son retour, qu'elle pensoit devoir être prochain. Mademoiselle d'Estival étoit celle qui avoit l'esprit le plus libre ; car la volonté positive de sa mere, les artifices de Madame de Ste. Anne, et le mérite de Tonquedec, agissant puissamment ensemble, l'avoient rendue soumise et résignée à son sort. Ce fut elle qui rompit la contrainte générale. Ma mere est bien contente aujourd'hui, dit-elle, et ce jour a été chez nous le jour des événemens. D'abord – mais ce n'est pas ceci qui a réjoui ma mère, au contraire – d'abord on nous a apporté une lettre qui, je crois, a été fort retardée ; on n'avoit jamais eu de lettre à porter à la ferme ; les gens de la poste de Vannes, ou d'ailleurs, ne savoient pas notre nom, ni ce que c'étoit que la ferme près du château de Missillac ; bref, je crois que la lettre a été fort retardée et a passé dans beaucoup de mains, avant d'arriver dans les miennes. Voyez, dit-elle à Mademoiselle de Rhedon, quelle mine elle a ! Mais, quoique nous ayons bien su lire notre nom, tout mal écrit qu'il soit – Voyez : Mademoiselle d'Estival. C'est bien à moi que la lettre s'adresse – ce que contenoit la lettre est resté un secret ; car chez nous, comme vous savez, personne ne sait lire. J'ai ri en voyant ma mère l'ouvrir, après en avoir payé le port ; c'étoit sans doute pour la bonne grace, et à cause des assistans. J'ai toute confiance en vous, ajouta Mademoiselle d'Estival, s'adressant toujours à Mademoiselle de Rhedon, voudriez-vous prendre la lettre et la lire après que vous aurez mis vos gants. Donnez, dit Mademoiselle de Rhedon ; je ne suis pas aussi délicate que vous le croyez. Elle prit donc la lettre qu'elle vit être de Herfrey, écrivant de Tonquedec, et dont voici le contenu.

Mademoiselle,
« Je ne sais pas si mon maître vous a parlé de son amour, mais en tout cas je prends la liberté de vous en instruire. Je le soupçonnois bien depuis assez long-tems, à-présent j'en suis sûr. Il a été si troublé, en apprenant que son ami étoit allé à Missillac avec quelqu'intention de vous faire la cour, que j'ai cru qu'il en mourroit. Je vous avertis que si vous épousez, soit Monsieur de Tonquedec, soit tout autre, excepté mon maître c'est un homme mort, de quoi vous seriez, je crois, bien fâchée, et moi je ne survivrois pas à ce malheur. Je suis, Mademoiselle, mais à condition que vous n'épouserez que mon bon maître, votre très-humble serviteur. Pierre Herfrey. »

P. S. « Je connois mon maître. Il ne diroit peut-être rien. Il aime tendrement son ami, et veut d'ailleurs qu'un homme soit ferme et courageux dans le malheur. Mais ne vous y fiez pas. »

Mademoiselle de Rhedon fut extrêmement troublée, mais elle dissimula son trouble. Mademoiselle d'Estival la pria de lui dire ce qu'elle avoit lu. Non pas dans ce moment, lui dit son amie, d'une voix extrêmement changée, pour l'amour de vous-même ne l'exigez pas. Madame de Ste. Anne fit un mouvement, pour prendre des mains de Mademoiselle de Rhedon la lettre qui donnoit tant d'émotion, mais Mademoiselle de Rhedon en fit un qui la refusoit. Après quelques instans de réflexion, ayant fait un signe à Tonquedec, elle le conduisit hors de la chambre et lui donna la lettre.

Elle vint ensuite reprendre sa place, et Tonquedec ne tarda pas à rentrer. Madame de Ste. Anne paroissoit extrêmement mécontente. Je m'apperçois, dit-elle, que personne n'a chez moi moins d'autorité que moi. Un homme que l'on connoit depuis trois jours, m'est préféré par une personne pour qui je fais tout au monde, et m'expose à mille désagremens. Mademoiselle de Rhedon lui dit avec assez de fierté : Qui est-ce qui vous y oblige Madame ? J'ai fait ce que je devois faire. Mademoiselle d'Estival, surprise de ce qu'elle voyoit et entendoit, ne disoit rien, et le silence étoit général, quand Mademoiselle de Kerber demanda quel autre grand événement étoit arrivé ce jour-là à la ferme. Oh ! quant à celui-ci, dit Mademoiselle d'Estival, il n'a rien eu de mortifiant. Cet homme que Castor avoit mordu il y a deux ou trois mois, comme je vous le dis après qu'il eut mordu Ste. Anne, le même que j'ai vu chez vous il y a trois jours, est venu nous dire qu'il devoit soixante-cinq mille francs à mon pere, avec les intérêts de deux ans ; que les preuves de la dette pouvoient bien avoir été brûlées avec le reste dans le château d'Estival, mais qu'il ne l'en reconnoissoit pas moins, et qu'il étoit prêt à nous payer dans telle monnoie que nous voudrions choisir. Ensuite il a demandé à parler en particulier à ma mere ; je suis sortie et me suis assise sur le mur du puits, en attendant la fin de la conférence qui n'a pas été longue. Ma parole est donnée, disoit ma mere en le reconduisant : quelques jours plutôt nous aurions pu parler d'affaires, car vos offres sont très-généreuses, et votre procédé est fort honnête. À qui voulez-vous, Madame, que je paie la somme ? a dit l'homme en se retirant. Je vous le ferai dire, a dit ma mere. Il s'est retiré, et je suis rentrée. Je voudrois, ai-je dit à ma mere, que de cette somme il fût acheté une bonne maison à Estival, où je crois que vous aimeriez à demeurer plutôt qu'en aucun autre lieu du monde ; et en effet ma mere regrette toujours Estival. Quand elle est gaie, elle parle le patois d'Estival, et fait des histoires d'Estival : quand elle est de mauvaise humeur, il n'y a rien de bon qu'à Estival ; elle n'aime rien de ce qu'on peut avoir à Nantes, Vannes, Brest ni même à la ferme, où moi en revanche j'ai trouvé tout fort bon et fort agréable… pendant un tems sur-tout.

Madame de Ste. Anne dit à Tonquedec : je vous féliciterois bien de cet arrangement – ajoutant plus bas – il vous débarrasseroit d'un fardeau – C'est vous peut-être, Madame, qu'il en faudroit féliciter, interrompit Tonquedec. Moi ! dit Madame de Ste. Anne. Vous, répéta Tonquedec. Madame de Ste. Anne ne le comprit pas ; mais ce mot mystérieux, se joignant à d'autres mysteres, acheva de la troubler.

Un moment aprés Mademoiselle d'Estival, tournant par hazard les yeux du côté de la fenêtre, vit Herfrey sortir du château. Herfrey ! s'écria-t-elle. Je vois Herfrey ! vous ne saviez donc pas que mon fils fût revenu ? dit Madame de Ste. Anne. Je ne le savois pas non plus, dit Mademoiselle de Kerber, pourquoi ne pas nous le dire ? Il est indisposé, dit Tonquedec, on a craint de vous faire de la peine – personne ne l'a vu que moi. Je crois au reste que ce n'est que la fatigue du voyage, qui lui a donné le mal-aise qu'on lui voit souffrir. Dieu le veuille : dit Mademoiselle d'Estival. Mademoiselle de Kerber secoua la tête. Que voulez-vous dire ? lui dit Madame de Ste. Anne – Le demandez-vous sérieusement. – Sans doute, et je serai d'autant plus flattée d'un peu de confiance, que personne depuis quelque tems ne m'en accorde plus… Lisez donc, lui dit Mademoiselle de Kerber, en lui donnant la lettre que Ste. Anne lui avoit écrite la veille de son départ, et lui montrant du doigt la derniere période.

Mademoiselle d'Estival souffroit visiblement. Ste. Anne est malade, dit-elle en soupirant à Tonquedec. Je ne m'étonne plus de l'air abattu que je vous ai trouvé aujourd'hui. Au moment où vous êtes venu à la ferme cela m'a frappé, et je l'ai dit à ma mere ; mais elle m'a répondu que je me trompois, et que j'étois une folle qui m'inquiétois à propos de rien. Qui vous inquiétiez, répéta Tonquedec. Seriez-vous fâchée de me voir sérieusement malade ? dit-il avec émotion. Quelle demande ! s'écria Mademoiselle d'Estival – Vous avez donc quelque attachement pour moi ? Seroit-il possible que je n'en eusse pas ? répondit-elle, pour un homme qui est le meilleur ami de mon cousin, qui est juste, honnête, obligeant comme lui, et qui n'a montré pour moi que de la bonté et de l'envie de me voir heureuse – Vous ne lisez pas, dit Mademoiselle de Kerber à Madame de Ste. Anne. Mais, reprit Tonquedec, s'il vous falloit choisir ?… Bon Dieu ! s'écria Madame de Ste. Anne, qui écoutoit en effet bien plus qu'elle ne lisoit. Que signifie tout ceci ! A quoi sert de faire babiller un enfant ? Un enfant ! dit fierement Tonquedec. Vous avez souhaité que cet enfant devînt ma femme ; il m'importe apparement de connoître ses sentimens, et il m'est permis, je pense, de chercher à les connoître. Dites, ma belle, ma bonne jeune amie, dites sans vous troubler, lequel aimez-vous mieux de moi ou de votre cousin ? Oh c'est mon cousin, dit Mademoiselle d'Estival. Je l'ai connu le premier, il est… il est… enfin je l'aime. Au même moment Tonquedec, qui croyoit entendre Ste. Anne tantôt dans l'antichambre, tantôt dans le vestibule, supposa ce qui étoit vrai, qu'il ne pouvoit se résoudre à entrer dans le sallon. Il l'alla donc chercher, et, le prenant par la main, il lui dit le sentant trembler, rassurez-vous. Tout est éclairci ; vous serez content. Venez. Ste. Anne entra. Mademoiselle d'Estival fit un cri, car il étoit pâle comme la mort, et pouvoit à peine marcher. Je vous la cède, dit Tonquedec ; elle est à vous, son cœur vous appartient. On les secourut alors tous deux. Mademoiselle de Rhedon pleuroit en liberté ; car ce qu'elle sentoit pour elle-même n'avoit que l'air d'une grande sensibilité pour les autres. Peu-à-peu tout se calma, et tout le monde s'entendit. Ste. Anne vit qu'il avoit à se louer de tout le monde ; jamais on n'avoit montré tant d'amitié, de générosité. Tonquedec étoit le meilleur des amis, Mademoiselle de

Rhedon la plus généreuse des rivales. Mademoiselle de Kerber, en éclairant Madame de Ste. Anne, l'avoit forcée à souscrire de bonne grace à ce qu'elle ne pouvoit empêcher. Après avoir dérobé aux yeux des spectateurs son premier trouble, elle revint auprès de son fils, et embrassa sa future belle-fille. Je m'offre, lui dit-elle, à vous accompagner chez votre mere, pour lui apprendre les changemens qui se sont faits, et vous demander à elle pour mon fils. Que de bonté ! s'écria Ste. Anne, et il se mit aux genoux de sa mere, qui le releva et l'embrassa. Mais le choc qu'il avoit éprouvé étoit si violent, qu'il demanda qu'on retardât d'une heure cette visite. Pendant ce tems-là on lut à Mademoiselle d'Estival la lettre de Herfrey, et Ste. Anne alla trouver Herfrey pour l'embrasser et lui apprendre son mariage. À son retour il se trouva assez bien pour aller à la ferme. Sa mère avoit fait mettre les chevaux à sa calèche qui les y mena doucement.

On comprend bien ce qui se dit à la ferme, et combien fut puissante sur Madame d'Estival la proposition que Ste. Anne se hâta de faire, d'acheter pour elle ou de bâtir une maison dans le village où elle étoit née. L'idée en venoit de Mademoiselle d'Estival, et convenoit à tout le monde. Madame d'Estival en fut si charmée, qu'indiquant la maison qu'elle aimeroit le mieux et qui se trouvoit être à vendre, elle ne vit presque plus dans l'établissement de sa fille que le sien propre et sa réintégration dans son village. Je ne t'appellerai plus ingrate, dit-elle à Babet en l'embrassant, tu as eu pour ta mere une pensée excellente, et se tournant du côté de Ste. Anne : Je vous donne ma Babet pour la meilleure fille de France. Sa grande amitié pour vous, qui me sembloit être à mes dépens, et d'ailleurs assez hors de place, lui a attiré de ma part quelques paroles un peu dures ; à-présent je trouve fort bon qu'elle vous aime. Aimez-la de tout votre cœur, et elle mit la main de sa fille dans celle de Ste. Anne. Babet, dit-il, je vous aimerai de tout mon cœur. Madame de Ste. Anne, qui étoit presqu'aussi intéressée que Madame d'Estival à ce que celle-ci demeurât ailleurs que dans son voisinage, proposa à son fils d'écrire tout de suite sous la dictée de sa future belle-mere à la personne qu'elle lui nomma, pour que l'acquisition projettée se pût faire sans tarder. Cette lettre prit du tems, car il fallut envoyer au château pour chercher de quoi l'écrire ; mais la chose tenoit trop à cœur à Madame de Ste. Anne, pour qu'elle montrât de l'impatience. Mademoiselle d'Estival qui en avoit eu la première idée, en recevoit pourtant plus de chagrin que de plaisir. Cette séparation d'avec sa mere, vue de près, l'affectoit sensiblement. Pour Ste. Anne, il ne faisoit dans tout cela qu'obéir, car avoir Babet avec ou sans sa mere lui étoit presque égal. Ce que les autres aimoient le mieux, étoit ce qui lui convenoit davantage.

On fut donc fort long-tems à la ferme, et les trois personnes restées au château eurent tout le tems de s'entretenir.

D'abord la conversation fut presque nulle, puis contrainte, et enfin intéressante.

Mademoiselle de Kerber qui lisoit dans le cœur de Mademoiselle de Rhedon, lui dit tout-à-coup : Rien n'est ennuyeux comme d'assister à un mariage, à moins de se marier aussi. De deux choses l'une ; vous viendrez avec moi chez ma mere ou vous me permettrez d'écrire au pauvre Ville-Dieu. Qui est Ville-Dieu ? dit Tonquedec. – Un humble et tendre adorateur de Mademoiselle de Rhedon, que Madame de Ste. Anne a éconduit fort impérieusement, et qui m'écrit quelquefois pour conserver une ombre de relation avec la Dame de ses pensées. Ou avec vous, dit Mademoiselle de Rhedon. Il m'a paru que son projet étoit pour moi, mais son goût pour vous ; il me parloit sans cesse de la charmante vivacité de votre esprit, et trouvoit que dans l'abattement général, vous seule conserviez de la vie et du caractere. Vous ne lui disiez rien, dit Mademoiselle de Kerber ; Madame de Ste. Anne lui parloit comme à un homme qu'on veut éloigner ; sans moi il eût été fort malheureux : voilà tout ce qu'il vouloit dire. D'ailleurs mon âge se rapprochoit plus du sien que le vôtre, et c'est ce qui mettoit un peu plus d'aisance dans nos conversations, et en diminuoit l'aridité. D'après tout ce que j'entends, dit Tonquedec, je ne vois pas trop pourquoi Mademoiselle de Rhedon vous chargeroit d'écrire à Ville-Dieu. Elle a beau dire, dit Mademoiselle de Kerber ; il lui étoit fort attaché. On ne savoit pas bien encore quand il lui faisoit sa cour, quelle seroit sa fortune, la seule Madame de Ste. Anne qui faisoit agir tous ses amis, avoit là-dessus des espérances distinctes, et cependant Ville-Dieu souhaitoit de tout son cœur de se voir agréer. S'il ne faut pour avoir des droits sur Mademoiselle de Rhedon que sentir bien tout ce qu'elle vaut, la trouver infiniment aimable, bonne et généreuse, admirer sa figure, ses graces et ses talens, je ne le cède à personne, dit Tonquedec. J'étois venu ici dans le dessein d'y trouver une compagne. Ste. Anne m'avoit parlé de ses deux parentes avec également d'éloges ; mais je n'ai pas douté que sa mere ne lui destinât celle des deux qui étoit riche et bien apparentée, et le premier mot que m'a dit Madame de Ste. Anne m'a prouvé que je ne me trompois pas. Si donc mon choix étoit incertain, ma conduite ne pouvoit l'être. Tout a changé, ou, pour mieux dire, ce qui étoit ignoré s'est montré à découvert. Mademoiselle de Rhedon m'a elle-même appris par la lettre qu'elle m'a donné à lire, que Ste. Anne aimoit, et Mademoiselle d'Estival qui n'avoit dit, je crois, ses sentimens à personne, ou tout au plus à sa mere, les a tout-à-coup manifestés. Ne m'est-il pas permis à-présent d'offrir mes vœux, à celle qui peut-être les auroit reçus la premiere, sans l'erreur où j'étois ? Mademoiselle de Rhedon rougit, et Mademoiselle de Kerber promit à Tonquedec de ne point écrire à Ville-Dieu ; mais Madame de Rieux qui étoit aussi en correspondance de nouvelles avec lui, lui manda dès le lendemain le mariage de Ste. Anne avec Mademoiselle d'Estival, et on ne tarda pas à voir Ville-Dieu à Missillac. Il auroit offert de nouveau des hommages précédemment rejettés, si les soins de Tonquedec n'avoient déja fait assez d'impression sur Mademoiselle de Rhedon, pour que chacun prevît qu'ils seroient agréés un jour. Ville-Dieu, comme Mademoiselle de Rhedon l'avoit dit, aimoit dans Mademoiselle de Kerber une vivacité d'esprit, qui n'empêchoit pas qu'elle n'eût le cœur fort bon ; elle venoit de donner des preuves de cette bonté hardie et zèlée, qui furent racontées à Ville-Dieu par Tonquedec, Ste. Anne et Mademoiselle de Rhedon elle-même. Là-dessus il a pris son parti, s'est offert et a été franchement accepté ; le mariage se fera bientôt. Ce n'est pas tout. L'homme dont Mademoiselle de Kerber avoit parlé avec assez de dédain, lorsque

Madame de Rieux oublia tout-à coup pour lui l'héroïque veuve de son roman, a reçu du relief de son procédé vis-à-vis de la fille de son créancier, et Madame de Rieux s'en prévaut pour justifier sa coquetterie, qui réussira sans doute auprès d'un homme plus honnête que subtil. Ste. Anne a déja loué et félicité sa cousine. Je vous assure, a-t-il dit, que je ne suis point entré du tout dans le sentiment de Mademoiselle de Kerber. C'est bien assez que les lectures soient inutiles ; elles seroient très-nuisibles, si d'après de romanesques folies qui n'ont rien coûté à l'auteur, on sacrifioit des sentimens plus vrais, plus naturels, et qui sont parfaitement honnêtes. Laissons quelques admirateurs de Werther se tuer, et quelques folles pleurer toute leur vie ce qu'elles n'ont peut-être jamais eu sujet d'aimer. Il ne faut pas dans la vie véritable imiter un invraisemblable roman.

C'est la veille de son mariage que Ste. Anne tint ce discours à Madame de Rieux. Il n'avoit pas osé parler aussi franchement à Mademoiselle de Rhedon ; cependant il lui dit : Si demain vous promettiez à mon ami de remplacer le bien qu'il m'a cédé, vous mettriez le comble à mon bonheur. Faut-il, dit Mademoiselle de Rhedon en rougissant beaucoup, faire tout ce que vous voulez ? Vous n'avez pas voulu que je fisse pour vous ce que j'aurois voulu faire. Déja vous m'avez donné, lui dit Ste. Anne en lui baisant la main, les preuves de l'attachement le plus généreux – Achevez ; et il lui amena Tonquedec. Vous vouliez que ce fût demain, dit Mademoiselle de Rhedon. – Pourquoi ne seroit-ce pas ce soir, dit Ste. Anne, si, comme je le vois, vous êtes décidée ? Puis s'adressant à son ami, il lui dit : Je te dois mon bonheur, souffre que je me vante d'avoir hâté le tien. Ce qu'il disoit fit tant de plaisir à Tonquedec, que Mademoiselle de Rhedon ne voulut pas l'en dédire.

Madame de Ste. Anne étoit visiblement la personne la moins contente de tous ceux qui étoient rassemblés chez elle. Cependant Madame d'Estival s'éloignoit, c'étoit quelque chose ; la maison étoit déja achetée, et Ste. Anne d'après le conseil de sa mere, avoit assuré à sa future belle-mere une pension assez considérable, qui lui seroit payée tant qu'elle ne se remarieroit pas. Une pareille clause ne se seroit jamais présentée à l'esprit de Ste. Anne ; mais il falloit donner quelque satisfaction à une mere trompée par son fils dans ses plus cheres espérances. Quand Ste. Anne porta à Madame d'Estival l'acte qui lui assuroit cette pension : Le don est de vous, la condition est de votre mere, lui dit-elle en riant ; mais l'esprit de Madame de Ste. Anne est ici en défaut. Allez, je suis aussi fiere qu'elle, et j'ai moins envie encore de me remarier ; car s'il se présentoit quelque roi ou quelque électeur elle le prendroit ; et moi je ne voudrois ni d'un prince d'autrefois, ni d'un représentant du peuple, ni même d'un pouvoir exécutif. Ste. Anne l'assura que l'idée toute entiere étoit de sa mere. Vous aviez, lui dit-il, un droit si naturel à ma fortune et à celle de votre fille, que je n'aurois jamais songé à vous rien donner par un contrat spécial. Mademoiselle d'Estival prit l'acte dans ses mains, puis, le rendant à Ste. Anne, dit avec quelque dépit : Lisez-le haut encore une fois, je vous en prie, je n'ai pas écouté la premiere fois. Il lut.

N'est-il pourtant pas un peu triste, reprit-elle, de ne savoir pas lire ? Mais non, il est bon que je n'aye pas pu lire la lettre de Herfrey. Je n'aurois osé la donner à Tonquedec comme fit Mademoiselle de Rhedon. À l'avenir pourtant il me seroit plus agréable de savoir lire, et vous m'apprendrez, vous me l'avez promis ; j'espére que vous m'apprendrez aussi à écrire. Je ne vous le conseille pas, dit Madame d'Estival. Ignorante, elle vous aime et vous plaît – ne la rendez pas savante ; tout ce qui change ce qu'on aime le gâte, et puis je me souviens encore des seuls vers que j'aye jamais su. Mon oncle le maître d'école me les a assez repétés pour que je m'en souvienne toute ma vie. Il ne voulut pas seulement m'apprendre l'A B C, quelque priere que je lui en fisse. Une femme, disoit-il, qui connoîtroit les lettres, voudroit apprendre à lire ; et sachant lire, elle pourroit apprendre toute seule à écrire ; or, et je tiens ceci d'un sage :

Dans ses meubles, dût-elle en avoir de l'ennui,
Il ne faut écritoire, encre, papier ni plumes.
Le mari doit dans les bonnes coutumes

Écrire tout ce qui s'écrit chez lui.

Ste. Anne trouva plaisant que Moliere eût été entendu de la sorte par le magister. Il m'est assez égal, dit-il à sa future, que vous sachiez lire et écrire ou que vous ne le sachiez pas ; ce qui ne m'est point égal, c'est que vous vous défassiez de toute crainte chimérique. Après-demain quand nous irons à l'église ou que nous en reviendrons, il seroit possible que vous rencontrassiez quelqu'objet de ceux que vous croyez de mauvais augure. Ne seroit-il pas affreux de voir ma joie, et j'oserai dire la vôtre, empoisonnée par cette rencontre fortuite ? Peut-être l'impression seroit-elle longue, ou renaîtroit-elle au moindre sujet d'inquiétude que vous pourriez avoir. Alors l'augure sinistre n'auroit pas annoncé le malheur, mais il le produiroit. Vous et moi nous nous porterons bonheur réciproquement ; le reste n'est que chimere. Je ne croirai, dit Mademoiselle d'Estival, que ce que vous croirez ; et si vous ne croyez pas aux salieres renversées, aux miroirs cassés, au nombre de gens qu'on est à table, c'est fini, je n'y crois déja plus. Voilà vraiment qui est pour moi de bon augure, dit Ste. Anne, en se permettant de l'embrasser. Doucement, doucement, dit la mere ; après-demain est bien proche, vous pouvez attendre. Mademoiselle d'Estival se souvint du cimetiere, regarda Ste. Anne, et sourit.

Le grand jour vint, ce jour pour lequel Madame d'Estival vouloit qu'on réservât tous les priviléges de l'hymen et toutes les jouissances de l'amour. Elle mena sa fille à l'autel, et, d'abord après la cérémonie, l'ayant embrassée, elle s'éloigna sans rien dire ; puis se retournant elle lui cria, adieu Babet. Une voiture l'attendoit devant la porte de l'église ; elle y monta et se fit aussitôt conduire à Estival.

La ferme revit ce soir-là l'heureuse Babet, accompagnée de son heureux époux qui, peu de jours après, la mena à Auray, pour la présenter aux deux amis, et hâter les réparations du vieux manoir de ses peres.